Merlín´s Erzählungen III

Inhaltsverzeichnis

*Widmung an die Menschen,
die ich liebe..., und meine
Hauskatze Luc*

Vorwort

In einem Buch steht zu dem Begriff das Ironie ein Stilmittel zur Enttarnung und Verspottung des Gegenübers wirkt. Wie interessant,
da fange ich mal an...

Wenn Sie Interesse an Bücher haben sollten, die langweilig und trivial sind, dann weise ich Sie explizit darauf hin, dass Sie diesen Schund auch lesen sollten. Wenn Sie das implizit auch verstanden haben, dann beglückwünsche ich Sie für Ihre bemerkenswerte Auffassungsgabe.

Sie werden hier mit Erzählungen, Gedichten, Kurzgeschichten und Stellungnahmen konfrontiert, die nur ein Schmierentheater-Autor verfasst haben könnte. Weil die bisher veröffentlichten Bücher in allen Bestsellerlisten notiert sind, kann nur die logische Schlussfolgerung sein, diesen Mist vorerst im Abschluss der Trilogie zu beenden. Wenn Sie glauben Sie würden mit dem dritten Teil von Merlin´s Erzählungen etwas verpassen, der Autor kann Sie beruhigen, Sie entbehren tatsächlich nichts. Außer Sie verspüren den Drang die Meinung des Autors zu übernehmen, seine Ansichten zu verinnerlichen und die
lyrischen Auswürfe auswendig zu lernen, um sie unter der Dusche singend vorzutragen, während Ihre bessere Hälfte mitsummt.

Tun Sie sich keinen Zwang an, wenn sie merken sollten eine Fehlinvestition getan zu haben, die wertlose Ansammlung Papiers in die Tonne zu werfen oder einem unliebsamen Feind als Gastgeschenk mitzubringen. Sie werden erstaunt sein wie die Mimik des Gastgebers in wenigen Sekunden von lächelnd zu entsetzlich wandelt. Ihr Triumph über Ihren vermeintlichen Freund wird perfekt sein. Dagegen sind Facebook-Freunde gar nichts. Und wer solche Freunde hat, braucht keine Feinde wie Sie, oder doch...?

Besonders Menschen, die einem nahe, weniger nahe und im weitesten Sinne entfernt in Bezug zum Autor stehen, sind der Abschaum, denn sie lesen geradezu jeden Scheiß den der Verfasser veröffentlicht. Das ist nicht nachzuvollziehen und unverzeihlich, es sei denn jene haben eine geistige Störung, oder es empfiehlt sich ein Loch im Garten zu graben, um einen etwas höheren Sinn im Leben gefunden zu haben. Apropos Sinn, dass alles hat hier keinen, es sei denn Sie geben den eins mit Karacho, nämlich, wenn Sie als Marktschreier die Bücher für ein Apfel und ein Ei in das Publikum werfen. Das ist zwar marktwirtschaftlich wenig profitabel, lässt es doch aber ein erhabenes Gefühl an Großzügigkeit spüren, um den Pöbel der Massen mit „Brot & Schund" zu befriedigen. Und was ist günstiger als Schund? „Fielmann"

Entschuldigen Sie die unangenehme Ironie und Satire des Textes, denn soeben wurde
der Schreiber entlassen.
Aber schauen Sie nach Vorne, mit diesem wunderbaren Abschluss der Trilogie erfüllt sich ein
Menschheitstraum, ähm..., mein Traum hat nach
vielen Jahren ein vorläufiges Ende gefunden. Doch
die Kreativität geht weiter, soweit das
Horizont und die Liebe reicht.

Rotenburg/Wümme, den 3.05.2017

Simon Mihelic

Bildung

Warum Bildung so wichtig ist. Es gibt einem das Gefühl ein zivilisierter Mensch zu sein. Die Bildung macht nicht zwangsläufig intelligenter und vernünftiger. Aber durch die Bildung hat man Werkzeuge des weitläufigen Wissens, die Fähigkeit des effektiven Erlernens, des strukturierten Erinnerns und konstruktiven Problemlösungen, bemächtigt. Die Dinge im Leben richtig gedanklich einzuordnen macht entspannter, zufriedener und glücklicher. Vieles zu hinterfragen mit den einfachen Mitteln des Wo, Wann, Warum, Wie, sowie Was, Wer, Wessen, Wem und Wen. Diese Fragen machen schlauer, wenn man die Antworten herausfindet. Bildung ist eine Basis des Wissens. Und wer Wissen entsprechend anwendet, kann Macht erlangen. Bildung in der Schule kann mit Ausdauer und Fleiß zu beruflichen akademischen Abschlüssen führen. Und erlangt man einen Job, dann auch zu hohem Ansehen und Einkommen. Womit man sich einen gehobenen Lebensstandart leisten kann. Mitreden zu können, statt nur dabei zu sein. Kreative Lösungen erschließen ebenso wie konstruktive Verbesserungen durchführen.

Die Bildung macht das alles möglich.

Christliche Prägung

Ich bin seit meiner frühsten Kindheit christlich geprägt worden. Es begann schon im katholischen Kindergarten, als der Pfarrer als Nikolaus zu uns zu Besuch kam. Es gab Geschenke für die Kinder. Später in der Grundschule hatte ich katholischen Religionsunterricht beim polnischstämmigen Herrn Frobel. Später in der Realschule konnten wir zwischen der katholischen oder dem ethischen Unterricht wählen. Da ich bereits in der Grundschule das Fach gehabt hatte, wählte ich logischer Weise weiterhin mein Konfessionsfach. Nach der Taufe, Konfirmation und Firmung wurde ich für ca. ein Jahr Ministrant unter demselben Pfarrer Weiser, der uns im Kindergarten besuchte. Erst mit ca. 30 Jahren löste ich mich von den Glaubensvorstellungen der Kirche, und wurde Agnostiker.

Ich stelle fest, dass viele christlich geprägte Menschen charakterlich anders sind, als gewöhnlich erzogene Menschen, die entweder gar nicht oder ethischen Unterricht hatten. Wobei diejenigen die ohne ethischen oder religiösen Unterricht hatten, moralisch am wenigsten mit ihren Mitmenschen und Umwelt umgehen. Deren Wertvorstellungen sind sehr gering ausgeprägt. Weiterhin stelle ich fest, dass christlich geprägte Menschen oft viel freundlicher, großzügiger, gastfreundlicher, liebevoller und auch naiver zu ihren Mitmenschen sind. Davon bin ich auch betroffen. Einerseits bin ich auch froh darum, anderseits hätte ich ohne diese Prägung viel weniger Enttäuschungen gegenüber anderen Menschen gehabt. Denn das Misstrauen ist bei uns weniger vorhanden als bei gewöhnlichen Menschen. Ich würde trotzdem meine Kinder ebenso christlich erziehen lassen.

Das Streben nach Erfolg

Mich erinnert ein Kinofilm mit Will Smith, wo er zu seinem kleinen Sohn sagt, „Lass dir niemals sagen das du etwas nicht kannst. Sie sagen es dir, weil sie es selber nicht können." Ich fand das sehr beeindruckend, weil der Vater kurz vorher den Basketball selber nicht in den Korb versenken konnte, und dem Jungen dies nicht zutrauen wollte. Aber er erkannte seinen eigenen Hochmut und Missgunst danach. Deshalb sagte er einsichtig und eindringlich diesen bedeutenden Satz.
Ich erlebte das oft im Leben, dass meine kreativen Ideen von Menschen abgeschmettert wurden, weil sie im Grunde sich das selbst nicht zumuten würden oder auch nicht können. Dann sagen sie, dass sollte ich wohl lieber lassen, weil es unreif und dumm sei. Oft war ich entmutigt, doch ich begriff, dass es noch viel Überwindung kosten würde, trotzdem seine Träume zu verwirklichen. „Ich mache es einfach. Aber ohne vorher zu fragen!"

Die Muse

Wer als Autor schreibt, braucht die Muse, also eine Inspirationsquelle, die ihn wesentlich unterstützt. Um diese Quelle abzuschöpfen, benötigt er die Leidenschaft und Liebe zu Jemanden oder Etwas.

Es ist ebenso möglich den eigenen Ärger und Frust als Quelle zu nutzen. Also den eigenen „Wutbürger" im Kopf einen Ventil zu geben.

Bei seelischen Belastungen oder Leidensdruck empfiehlt es sich auch zu schreiben. Das erleichtert ungemein, und gibt noch dem Autor ein Erfolgserlebnis.

Die aussichtsreichste Ressource der Inspiration besteht, wenn der Autor ein bestimmtes Fachgebiet, sei es aus seinem Beruf oder auch als sein Hobby, seine Kenntnisse davon nutzt, um dieses Wissen auf das Papier zu bringen. Wenn er noch seine Emotionen aus der Leidenschaft zu jemanden hinzufügt, dann hat er einen perfekten Mix sich kreativ auszulassen.

Die Muse ist ein sehr wichtiger Bestandteil. Darum braucht es jeder erfolgreicher Autor. Ohne diese Muse kann er in Schreibblockade hineinrutschen. Aus der er nur herauskommt, wenn er sich verliebt.

Oder ein Hobby zu seiner Leidenschaft krönt.

*Wem die Muse küsst, hängt letztendlich vom Autor und dem Zufall ab. Glück dem,
wem die Muse trifft.*

Die sprachliche Leistung

Die Sprache ist eine Leistung die wir bringen müssen, um Gedanken konkret zu abstrahieren. Auch umgekehrt müssen wir konkrete Dinge in eine Sprache ausdrücken können. Lernen wir diese sprachliche Leistung nicht, werden wir nur eingeschränkt dazu lernen können. Denn was wir nicht abstrahieren, können wir auch nicht richtig erfassen, und die Gedanken und Gefühle bleiben diffus in unserem Bewusstsein. Dann bewegen wir uns auf einem Niveau der ersten Hominiden, die nur eine rudimentäre sprachliche Leistung vorweisen konnten.

Kinder von Migrantenfamilien lernen in frühster Phase ihrer Kindheit die Muttersprache. Später in den Kindergärten und Schulen die Landessprache. Es kommt zu einem inneren Konflikt des Kindes. Denn durch die Prägung der Muttersprache kann das Kind nur eingeschränkt die Landessprache mit dem richtigen Sprachgefühl entwickeln. Was zu Defiziten in der sprachlichen Leistung führt. Dies kann zu Geisteskrankheiten führen.

Eine Geisteskrankheit wie die Schizophrenie kann mit den medizinischen Ursachen wie der genetischen Veranlagung, ebenso auch ein Faktor der mangelnden sprachlichen Leistung zusammenhängen. Denn wer mangelhaft abstrahieren kann, kann seine Gedanken nicht richtig einordnen. Dies verwirrt sein Geist und prägt sich ins Gedächtnis ein. Die Sprache wird dadurch eingeschränkt. Die Logik und die Vernunft können kaum eingesetzt werden. Die Intelligenz verkümmert. Irrationale Entscheidungen treten im Vordergrund. Und Geisteskrankheiten können daraus entstehen.

Die Sprache ist für unser Leben entscheidend für die gesunde Entwicklung und Fortbestand des Daseins.

Eigener Kompetenzkreis (Warren Buffet)

Der reichste Mensch der Welt sagte einmal,
„Dass man die eigenen Fähigkeiten, Kenntnisse
und Talente mit dem kombinieren sollte, was man
an sich gerne macht und liebt auszuüben."
Das nennt er den eigenen
Kompetenzkreis herausbilden.
Wer seine Arbeit liebt, der braucht
nie zu arbeiten.
Das besagt eine Volksweisheit.

Evolution

Was ich an der Evolution mag und mich
fasziniert?

Alles!

Ist es der Darwinismus bzw. der Neo-
Darwinismus?

Ja!

Wie wird sich die Menschheit in
tausend Jahren entwickelt haben?

Größer, intelligenter und selbstzerstörerischer!

Wen interessiert´s?

Zukunftsforscher!

Sollte ich meine Gene weitergeben?

Definitiv!

Weil ich es mir wert bin und an mich glaube. Und
auch in tausend Jahren mein Gesicht,
Körper und Seele existieren sollte...

Freunde fürs Leben

Viele wollen scheinbar dein Bestes,
dein Geld dafür ausgibst,
Freunde sind selbstlos, wenn du sie testest,
wer dich wirklich mag und liebt.

Die Ehrlosen nutzen Herzensfreunde,
verprassen ihre Gelder über Masse,
statt dich zu entlohnen geben sie Leute,
antworten dir nichts zu haben in der Kasse.

Echte Freunde erweisen sich in der Not,
bist du reich und schön sind sie alle Dein,
sitzt du in der Klemme und brauchst Trost,
verbleiben dir die Echten treu zu sein.

Bist du ein erfolgsverwöhnter Sieger,
lernst du viele Leute kennen,
kämpfst du wie ein unbeugsamer Tiger,
werden sie dich als Gut-Freund nennen.

Willst du Freunde fürs Leben,
sei ehrlich und stets für sie da,
dass ist ein Nehmen und Geben,
und sie bleiben dir niemals rar.

Friedhof der Muscheltiere

Auf dem Friedhof der Muscheln,
lässt es sich schön kuscheln.
So gut lässt es sich wuscheln,
auf dem Strand zum tuscheln.

Kommt der Urlauber zum Baden,
bringt er die Muscheln zum Laden.
Der Händler bindet sie an Faden,
zum Verkauf kann es nicht Schaden.

Der Käufer hat Interesse,
und will es haben für seine Mätresse.
Dann haut er den Händler auf die Fresse,
klaut die Muscheln und flieht zur Kirchenmesse.

Der Pastor sieht das gar nicht gern,
die Besucher halten den Täter fern.
Der Strandwächter ruft nach Bernd,
der Täter erschreckt und sich entfernt.

Das geht den Kirchenleuten auf die Nieren,
die Kleinkinder verfolgen es auf allen Vieren.
Der Dieb will die Beute doch verlieren,
und wirft sie auf dem Friedhof der Muscheltieren.

Frühling, Sommer, Herbst & Winter

Der Frühlingsbeginn

Im Frühling werden wir geboren. Wir sind jung und unverbraucht. Verschwenderisch leben und lieben wir. Wir lehnen alles ab was uns nicht passt. Wir sind ideell und kämpfen dafür. Alte Säcke und Schabracken in der Partnerwahl wollen wir nicht.

Dann kommt der Sommer

Wir stehen mitten im Leben. Wir bekommen eine eigene Familie.
Wir arbeiten wie ungestüm. Wir sind noch unerfahren. Die Welt steht uns noch offen.

Der Herbst zeigt sich in welken Blättern

Wir erleben Trennungen. Familien brechen auseinander. Noch einmal stürmen wir um die Gunst junger Partner/innen. Doch noch mehr Enttäuschungen. Wir bemerken
das wir alt werden.
Jetzt sind wir die alten Säcke und Schabracken. Midlifecrisis. Beruflich in der Sackgasse. Dann hoffnungsvoller Neubeginn.

Der Winter naht

Jetzt sind wir wirklich alt. Gebrechen und Schmerzen begleiten unser Alltag. Altersarmut oder gesicherte Existenz? Gibt es noch Respekt und Würde? Senioren-WG oder Altersheim?

Zum Schluss der Tod...

Gefährliche Selbsterkenntnis der Dummen

Ich kenne einen Menschen, dem es an Selbsterkenntnis erheblich mangelt. Erkläre ich ihr welche Schwächen und Fehler sie im Leben hat, so gerät sie in wilde Rage. Der Schmerz der eigenen Unzulänglichkeit, und die Erkenntnis der Versäumnisse in der Vergangenheit machen sie wütend und irrational. Aus Trotzreaktion verleugnet und verdrängt sie die Tatsachen, die passiert waren. Sie beschönigt üble Handlungen der Vergangenheit.

Später...
Aus Vergeltungssucht erzählt sie Lügen über mich. Mir wird klar welche Beweggründe sie dazu veranlasst.

Aus Erfahrung wird man klug. Zeige dummen Menschen nie den eigenen Spiegel ihrer Unzulänglichkeiten. Denn die Selbsterkenntnis ertragen sie nicht. Und schlagen irrational zurück.

Doch woran erkennt man einen dummen Menschen? Mangelnde Weisheit und jegliche Ablehnung dazu zu lernen.

Was ist nun Weisheit?
Es definiert sich durch das Herz
und die Lebenserfahrung.

Welches Herz?
Die Barmherzigkeit, die Großzügigkeit, das
Mitgefühl und das Verständnis
für seinen Nächsten.

Konsequenz?
Meide möglichst dumme Menschen.

Idealerweise

Idealerweise wäre mein Vater ein akademischer
Natur- und Tierschützer bei einer Organisation
beispielsweise „Greenpeace" oder „WWF". Also ein
studierter Mensch mit einem Titel.
Er wäre gebildet und ein freundlicher
Mann mit Charakter.
Er hätte sich entschieden, dass
Haus in Deutschland
zu kaufen oder zu bauen.

Idealerweise wäre meine Mutter ebenso eine
Akademikerin mit einem Titel. Sie wäre ein
hübsche, schlanke vernunftbegabte
Frau mit Herz und Verstand.

Idealerweise hätte ich eine jüngere Schwester.
Ich würde mich stets gut mit ihr verstehen.
Wir würden uns als Geschwister lieben.

Idealerweise hätten wir alle unsere
Verwandten in Deutschland.

Idealerweise wäre ich auf dem Land in einer
Kleinstadt wie Rotenburg (Wümme)
aufgewachsen. Viel Natur und gute Infrastruktur
zum Einkaufen und Freizeitbeschäftigungen wie
Rad fahren und spazieren.

Idealerweise hätte ich bereits ein akademischen Titel wie Master oder Doktor. Als Informatiker entweder selbstständig oder als Angestellter in einer Softwarefirma tätig. Überdurchschnittlich bezahlt und Freude an der Arbeit durch Tätigkeiten und Mitarbeiter. Noch besser ist es, die Arbeit von zu Hause am PC erledigen. Oder als Selbstständiger eine eigene Software entwickeln und verkaufen. Natürlich patentiert.

Idealerweise wäre meine feste Freundin oder Ehefrau (Nur mit Ehevertrag) jünger als 30 Jahre, Nichtraucher und ohne eigene Kinder. Sie sollte einen akademischen Titel haben. Sie sollte schlank bis mittel schlank sein dürfen. Aber auf keinen Fall zunehmen dürfen. Sie sollte Freude an Sex haben. Ebenso Herz und Verstand. Rational und ruhigen Charakter haben.

Idealerweise wären meine Kinder, davon drei, verschiedenen Geschlechts. Zwei Jungen und ein Mädchen. Sie sollten stets gebildet mit Herz und Verstand erzogen werden. Jegliche Hilfe in Schule und Studium erhalten. Persönliche Aufklärung in allen Bereichen von uns erklärt werden.
Sie sollten stets ihr Taschengeld verdienen.

Idealerweise hätte ich gute Freunde. Sie antworten stets von unmittelbar bis mittelbar.
Zuverlässig und loyal.
Hilfsbereit und Ehrlich.

Idealerweise habe ich ein Haus mit Garten in einer guten Wohngegend. Ein Hund und eine Katze. Und einen selbst aufgezogenen Eichenbaum. Ebenso ein schönes Auto.

Idealerweise würden wir oft mit der AIDA fahren. Auch Urlaube in Naturgebieten in Deutschland.

Pina

Einst wohnte sie so weit,
dann kam ich in ihr Leben,
sie zog ihr schönstes Kleid,
gab ihr mein Lob und Segen.

Verliebten uns gar sehr,
zogen zusammen ein,
reisten dann ans Meer,
unsere Herzen waren vereint.

Viele Monde wanderten übers Land,
wir waren glücklich und zufrieden,
Freunde und Familien uns verband,
stets gutes Essen wir uns brieten.

Wir gerieten außer Rand und Band,
ihr Begehren schoss in Seitensprünge,
alles verlief in Sand und Tand,
versöhnten uns wieder an der Wümme.

Schön und heiß ist meine Frau,
verlieren tue ich sie nimmer,
und das nicht nur für die Schau,
denn Pina liebe ich für immer.

Rebellenherzen

Es gibt zwei Sorten unter den Menschen. Die
Angepassten und die Rebellen. Und einer von
ihnen war ein Rebell. Sam wollte und konnte sich
nicht anpassen. Er wusste das die sogenannten Ja-
Sager stets den Vorteil im System hatten. Wer sich
anpasste, bekam in der Regel die Sympathie der
anderen mit. Damit auch die besseren Jobs und
alle anderen gesellschaftlichen Vorzüge. Rebellen
wie Sam mussten oft genug um für alles und jeden
kämpfen. Da sie einen Menschen nicht toll fanden,
wenn derjenige es auch nicht war. Sie heuchelten
keine Zuneigungen, um sich Vorteile zu
verschaffen. Stattdessen bekamen sie Probleme, die
sie mit Mühe bewältigen mussten.

Sam fand wieder mal keine Arbeit. Denn die
vorherigen Arbeitsstellen verlor er in aller
Regelmäßigkeit. So das seine Perspektive
im Leben sehr schlecht war.

Dann kam der Sezessionskrieg der Vereinigten
Staaten von Amerika von 1861 bis 1865. Die
Auflehnung der Südstaaten führte zu einer
Rebellion gegen den Norden. Die Nordstaaten
suchten die Einheit der Bundesstaaten zu
bewahren. Die Lebensweisen der beiden
Kontrahenten waren so unterschiedlich, dass es
keine sinnvollen Gemeinsamkeiten mehr gab. Der
industrialisierte Norden unter der Führung des

Präsidenten Abraham Lincoln lehnte die Sklaverei der Baumwolle produzierenden Südstaaten grundlegend ab.

Sam lebte in South Carolina, und schloss sich der Konföderierten Armee an. Diese Armee aus Rebellen, wie sie die nordstaatlichen Yankees nannten, wurde von dem besten General jener Zeit befehligt. Robert E. Lees Strategien und Taktiken waren legendär. Er siegte trotz Unterzahl in vielen Schlachten.

Sam, der Rebell, rebellierte aber gegen die Sklaverei im Süden. Er vertrat die Meinung des Nordens. Er kämpfte im Grunde für die falsche Seite.

Eines Tages begegnete Sam seinen General zufällig auf der Gemeinschaftstoilette. Sam ließ es sich nicht nehmen den großen Helden etwas zu fragen. „Wieso kämpfst du für die Konföderierten? Wir sind doch für die Yankees nur Rebellen." Und Robert E. Lee antwortete, „Ich liebe meine Heimat Virginia. Und ich bin genauso ein Gegner der Sklaverei und der Sezession wie sie. Ich bin aber im Herzen ein Rebell. Und da wo mein Herz mich bewegt, kämpfe ich für unser Land."

Und da hatte Sam seine Antwort. Im Herzen war er stets ein Rebell gewesen. Gegen alle Angepassten hatte er ein Groll gehabt. Doch wo das Herz ihn trug, dafür kämpfte er. Auch weiter gegen alle Wi-

derstände im Leben. So wie auch der große
legendäre General Robert E. Lee.

Roy von Gelderland

Wenn es jemanden gegeben hätte dem ein besseres
Schicksal zu gönnen wäre, dann war es Roy von
Gelderland. Der besagte Mann war mit einer Frau
verheiratet, die nicht nur absolut sein Leben
bestimmte, sondern auch sein Geld in
Überschwänglichkeit und Egoismus verprasste.
Ihre Egozentrik verlieh ihren Status als
Künstlerin einen Übermaß an Selbstherrlichkeit
und einen starken Drang das Leben ihrer
Mitmenschen, vornehmlich Familie und
Verwandte, diktatorisch zu bestimmen. Freunde
hatte sie keine, denn alle die sie je hatte, verprellte
sie mit ihren Ansichten von Scheinmoral und
Selbstgerechtigkeit. Mit dem Alter stieg auch ihre
Einsamkeit. Nur noch mit ihrem Mann Roy
konnte sie noch ihre Herrschaft halten. Sie war
das Gehirn, er der willenlose Körper, der alles für
richtig halten sollte, was ihre Chefin befahl.
Schlimmer noch als diesen Zustand zu dulden war
es, dass er vor anderen Menschen seine Frau als
das höchste Maß aller Dinge kund tat. Die Kunst
war alles. Die Kunst ist das höchste Ideal der
Menschheit. Alles andere waren niedere Arbeiten,
die andere machen sollten. Ihre gemeinsame
Tochter Lina versklavte sie ebenso in ihrer
Kindheit zu niederen Arbeiten, wie sie selbst sich
nur um die Kunst kümmerte. Sie war alles, die
anderen Nichts. So war es jetzt auch, dass die
Ehefrau Agnes beschloss einen Praktikanten

kostenlos für sie im Garten aushelfen zu lassen. Ohne einen Cent für denjenigen auszuzahlen, der harte Arbeit und im Schweiße seines Angesichts zu ertragen hatte, sollte er Sklavenarbeit verrichten. Das würde sich irgendwann rächen. Entweder mit Diebstahl oder Respektlosigkeit gegenüber ihren Arbeitgebern bzw. vielmehr Sklavenhaltern. Das Üble an diesem Zustand war jedoch der Skandal, dass die absolutistische Agnes Geld in großen Mengen verschwenderisch ausgab. Aber allen erzählte sie und Roy hätten keins.

Ihre penetrante Faulheit übertraf jegliches Vorstellungsvermögen. Sie lebte schmarotzerisch wie die Made im Speck.
Ein Standesdenken, wo sie sich als Fürstin bestimmend wähnte, und Menschen aus ihrem Leben warf, die nicht ihre Ansichten vertraten. Sie benutzte ohne jeden Zweifel alle Menschen für ihre eigenen egoistischen Zwecke. So war es, und so würde es immer sein.
Bis zu ihrem Tod sollte es
das Bestimmende in ihrem Leben sein.

Nun kam der Tag, dass das alte Ehepaar doch einen findigen Praktikanten gefunden hatte. Aved wie er hieß, war ein zu kurz geratener Mensch, dem es zwar an Größe fehlte, aber an Intelligenz und Kreativität nicht mangelte. Aved, der Napoleon des Gartens, wie Roy ihn scherzhaft nannte, stellte sich bei der Gartenarbeit geschickt an. Ihm fiel die skandalöse absolutistische Art und

Weise des Paares auf. Ihm tat aber auch der Alte viel Leid, denn Roy konnte im Grunde nichts für sein Schicksal. Das Schicksal mit Agnes verheiratet zu sein. Und das seit über 50 Jahren. Aved wusste, dass Roy ein Opfer seiner damaligen überschwänglichen Verliebtheit war. Agnes, als junge Frau damals, nutzte die verliebte Dummheit Roys aus. Sie wusste schon damals, dass er die Kunst ohne jede Bedingung fördern und schätzen wollte.

Aved war eigentlich ein Zauberer. Eines Abends, als Agnes schon im Bett schlief, schlich er sich in ihr Schlafzimmer hinein. Er verzauberte sie in eine hässliche Kröte. Sie sprang aufgeschreckt auf und davon. Das geöffnete Fenster verlockte die Kröte hinauszuspringen. Und da verschwand Agnes nun für immer aus dem Leben Roys. Nun ging Aved zu dem verbliebenen Roy ins Zimmer. Da verzauberte er Roy zu dem Zeitpunkt in seinem Leben zurück, bevor er Agnes kennenlernte. Und da wurde Roy bewusst, dass er jetzt die Wahl hatte, ob er nochmal den Fehler seines Lebens machen würde, oder von ihr ließ. Und Aved wusste nun, dass er Roy einen großen Bärendienst erwiesen hatte.
Nie mehr wieder Agnes.
Und die alte Kröte, die Agnes charakterlich war, ging ohne jemals Roy kennengelernt zu haben, ihre eigenen Wege.

TABULA RASA

Sackgasse des Lebens

Das Mysterium des Schicksals eines jeden Menschen kann vielfältig in fast alle Richtungen seine Bahn schieben. Bestenfalls hat man nach der Geburt verantwortungs- und liebevolle Eltern, die gutsituiert ihren Sprössling groß ziehen. Sich intensiv um die Bildung ihres Kindes kümmern, um dann ihren volljährigen Erwachsenen in eine gesicherte Existenz zu überführen. Nach dem Studium ist es reif für einen gutbezahlten Job. Hat einen gehobenen Status. Mit dem es einen attraktiven Partner anwirbt, um mit dem Partner in eine gesicherte Zukunft mit einer Familie zu gründen. Die Rente bzw. die Pension ist dann auch noch üppig, und der Lebensabend ist damit gerettet. Zum Schluss stirbt es glücklich und zufrieden im Kreise seiner Familie.

Das ist der Plan. Ein idealer Plan, der so gut wie nie im Leben eines Menschen eintritt. In vielen Abschnitten des Lebens vielleicht schon, wenn nichts gravierendes im Schicksal des Einzelnen passiert. Gravierend, wenn eine schwere Krankheit eintritt. Die Arbeitslosigkeit die Konsequenz dessen ist. Die Beziehung oder Ehe demzufolge scheitert. Zum Schluss man alleine da steht. Ist zudem die Stigmatisierung der Armut eine weitere Belastung, mit dem der gebeutelte Mensch fertig werden muss. Falsche Freunde verlassen das sinkende Schiff. Die Einsamkeit und

die Depression, die ihm noch mehr
in die Resignation treibt.
Die ursächliche Krankheit war der Anfang des
schicksalshaften Unglücks, das Ende die
Resignation in Armut und Einsamkeit. Und somit
in die Sackgasse des Lebens angelangt,
wofür er nichts konnte. Letztendlich
ist nichts sicher im Leben.

Dass ist das Gegenteil vom glücklichen Leben eines
Menschen, wenn alles schief läuft.

Letztendlich passieren sehr selten derartige schick-
salshafte Lebenswege, die hier so extrem geschil-
dert wurde. In den meisten Fällen passieren den
Menschen immer irgendwann Schicksalsschläge.
Es kommt darauf an wie man damit umgeht. Man
kann konstruktiv und pragmatisch ein Neubeginn
starten, den man mit Durchhaltevermögen und
Energie im Leben durchsetzt. Und nach einem
möglichen Scheitern dennoch wieder aufsteht, solange man nicht aufgibt. Der Erfolg nach den in-
tensiven Bemühungen kommt in der Regel irgendwann. Dann hat es trotz der Widrigkeiten des Lebens nicht in die Sackgasse geführt, sondern in
eine positiv gestimmte Lebensführung.

Universum der Träume

„Ich habe einen Traum...",
spricht Martin Luther King,
das gibt seiner Vision viel Raum,
seine Rede in den Menschen verklingt.

Ich lebe meinen Traum,
tanze mit hübschen Frauen,
unter dem festlichen Maibaum,
das Eis zwischen uns vertauen.

Ich baue einen Traum,
ein Schloss aus Sand,
doch das schaffe ich kaum,
denn das Meer nimmt mir den Rand.

Ich sehe einen Traum,
ein Raumschiff zu den Sternen,
meine Phantasie ist im Zaum,
in echt sind es aber die Laternen.

Ich liebe meinen Traum,
Ideen entwickeln und kreativ schreiben,
für die Ungebildeten ist es Schaum,
meine Werke mir geistig einverleiben.

Vertrauensverlust & Leid

Ein Chef. Viele Chefs begleiteten das Leben. Einer beleidigte. Derselbe schrie auch an. Einige schrien Tadel. Andere belogen. Falsche Versprechungen trieben Hoffnungen. Verbesserungen vorgeschlagen. Missgünstige Neider. Verrat. Schikanen. Arbeitstätigkeiten, die ankotzten, weil sie erheblichen Stress auslösten. Dann verbale Peitschenhiebe. Schneller, schneller...

Demütigungen am Ende, wenn in das Büro gerufen wurde.
Entlassungen.
Tatenlose Kollegen.

Vertrauensverlust für Jahre.
Leid und Hass.
Aversion.
Resignation.

Neuer Versuch.
Angepasst und Devot.
Weder noch das Richtige.
Gefeuert.

Schlussfolgerung.
Frei bist du nur ohne sie,
wenn du selbstständig bist.

Wir sind Nichts...

Jure sinnierte über die Größenverhältnisse um ihn herum. In seinen Gedanken stellte er sich vor, wie vom kleinsten Teilchen an beginnend sich alles der Größe nach relativierte. „Ein Atom ist im Grunde leerer Raum, die vom Atomkern, bestehend aus Positronen und Neutronen, und dem rotierenden Elektronen zusammensetzt. Und die Kraft der Quantenteilchen, die noch kleiner sind, halten sie zusammen. Die nächst größere Ebene sind die DNA-Moleküle, die in Zellkernen drin sind. Auch die Moleküle, dass sind verschiedene zusammengesetzte Atomverbindungen. Die Elemente im Periodensystem der Chemie. Die Zellen und alle winzigen Lebewesen wie Viren und Bakterien haben Zellkerne. Größere Lebewesen sind dann die Tiere und Menschen, sowie Pflanzen und Bäume. Wir alle lebten auf diesem blauen Planeten Erde. Die Erde ist der dritte Planet unseres Sonnensystems. Unsere Sonne ist ein Stern, der in unserer Milchstraße um das Zentrum der Galaxie rotiert. Unsere Galaxie hat viele Millionen Sterne. Die Milchstraße befindet sich in einem Cluster, also einem Haufen Galaxien von ca. 30 Galaxien. Die sich Virgo-Cluster nennt. Der Virgo-Cluster befindet sich in einem Super-Cluster, wo sich viele kleine Cluster im Raum bewegen. Der Super-Cluster hat viele Millionen Galaxien. Unser Super-Cluster ist vernetzt in einem Filament von vielen Filamenten. Vom Zentrum des Universums vernetzen sich viele Filamente zu Milliarden Galaxien im Kosmos. Die allgemein bekannten physikalischen Gesetze wie die Gravitationskraft, so gibt es auch die kürzlich nachgewiesenen Kräfte der Dunklen Materie, die in Klumpen das Universum zusammen hält, sowie die neu entdeckte Dunkle Energie, die die gegenteilige Kraft der Dunklen Materie ist. Die Dunkle Energie zieht das Universum auseinander. Beide Kräfte halten das Gleichgewicht im Universum fest. Aber trotzdem expandiert sie nach dem Urknall weiter.

Vom nicht sichtbaren Quanten und Atomen bis hin zum Universum sind das relative Größenverhältnisse, die sich so immens um uns herum existieren, dass wir uns das nicht im Leben vorstellen können. So wie eine Körperzelle im Darm oder woanders sich nicht vorstellen kann, dass er ein winziger Teil des Körpers ist, so kann es der Mensch nicht für das unermessliche Universum. Wir sind Nichts..." So die Auffassung Jures.

Dann legte sich Jure in den Schlafkapsel hin. In einem Generationsraumschiff, dass sich auf dem Weg zum nächsten bewohnbaren Planeten befand. Dann schloss er für lange Zeit die Augen, denn wenn er wieder erwachen würde, dann in fünfhundert Jahren im Orbit der neuen Erde...

Aus "Gerichtet - Schilf im Dunkeln"

Frohsinn angekommen, lachend.
Feuchte Augen, rückkehrend.

Herz geöffnet, exponierend.
Verschlossene Kammer, vergrabend.

Gram gelitten, beschämend.
Schilf im Dunkeln, versteckend.

......

Hund der Seele, leckend.
Wunden getragen, verheilend.

Sanduhr der Zeit, tröstend.
Klüger geworden, stärkend.

Umschiffen zukünftig die Klippen, rettend.

......

(Neunzehnter Absatz
im zweiundneunzigstem
Kapitel geschrieben)

Das Sexperiment

Jaschko hatte mal eine Freundin gehabt, die ihm
erzählte, dass sie einen Mann kannte, sei es ihr
Freund, Mann oder Liebhaber gewesen, sie nackt
anschauen konnte, und dabei sein Glied steif werden würde. Jaschko, der ihr Ex-Freund ist, konnte
das nicht. Er musste bei jedem Vorspiel seinen Penis stimulieren, damit es hart und standfest werden sollte. Nun fragte sich Jaschko, ob dass bei
Männern der Norm entsprach, oder eher die Ausnahme in der Gesellschaft wäre. Vielleicht lag es
an der inneren Mauer in ihm, die Hemmung vor
dem ersten Mal mit einer neuen Frau, die sein bestes Stück lähmte. Er brauchte in der Regel immer
ein paar Anläufe, bevor es mit dem Sex funktionierte. Es gab zwei Frauen in seinem Leben, bei
der das Geschlechtsverkehr auf Anhieb klappte.
Die eine war ein One-Night-Stand als er noch ein
relativ junger Erwachsener war, die andere seine
Ex, von der er diese Info gesagt bekam. Er las neulich im Internet, dass man als Mann sich mit der
Frau „verbinden" müsse, bevor er soweit wäre, um
mit ihr zu kopulieren. Nur wie sollte so eine Verbindung, oder in der Welt des Internets sich „Ver-
linken"? Um diesen Rätsel lösen zu können,
erdachte er sich eine ungewöhnliche Idee
wie er es ausprobieren könnte.

Am nächsten frühen Morgen schaltete er eine An-
zeige in der örtlichen Zeitung ein. In dieser stand
folgendes drin:

„Attraktiver Mann sucht hübsche, sexuell anre-
gende Frauen, die stundenweise gegen Bezahlung
mit ihm reden.
Chiffre 24680"

In den nächsten Tagen konnte er es kaum vor Un-
geduld abwarten bis er von der Zeitung Post er-
hielt, die die Briefe der Interessenten zustellte.
Jaschko las die einzelnen Briefe durch, und rief
alle Frauen der Reihe nach an. Und wenn sie
nicht erreichbar waren, dann schrieb er auf
WhatsApp die Frau an. Er bestellte sie in viertel-
stündigen Terminen in einem Café der Stadt. Von
13 Frauen kamen 10 zu den Verabredungen.
Er war ein wenig aufgeregt als die erste Interes-
sentin zu Tisch kam. Er begrüßte sie freundlich
mit einem natürlichem Lächeln. Sie war eine
Französin und hieß Lahoie. Überaus sexy und las-
ziv. Jaschko ging gleich zur Sache.
Er erklärte charmant, dass er die ungewöhnliche
Idee habe, seine unberührte Erektionsfähigkeit
ohne Stimulierung des Glieds anregen und erforschen wolle. Die bildhübsche Frau brauche nur mit
ihm an einem gemütlichen Ort in einer vereinbarten Wohnung zusammen sitzen oder auf einem
Bett liegen, und mit ihm unterhalten. Für eine
Stunde würde er 10 € bar bezahlen. Sie bräuchte
sich nicht zu entkleiden. Selbst wenn Jaschko dies

von ihr verlangen würde, hätte sie höchstwahrscheinlich abgelehnt, da für so einen geringen Betrag nackte Haut sie nicht vorzeigen würde.

Also begnügte er sich mit den Bekleideten. Dann schickte er sie fort, und bekam von den nächsten neun Frauen sein Date im Café. Zu seinem Erstaunen waren alle damit einverstanden, da sie so leichtes Geld verdienen konnten. Einige kicherten, andere nahmen es augenscheinlich ernst auf. Wie auch immer, der erste Schritt war getan.

Am folgenden Tag terminierte es zuerst Lahoie für den gemeinsamen Abend bei ihr zu Hause. Denn seine Wohnung war seiner Ansicht nicht das Ideal einer Frau, die sich eventuell nicht wohlfühlen würde. Am Abend zog er lockere Kleidung an, leger und sexy. Da sie in der selben Kleinstadt wohnte, kam er sehr schnell bei ihr an. Klingelte einmal höflich, um nicht aufdringlich zu erscheinen. Alsbald sie ihm die Tür öffnete, begrüßte sie Jaschko freundlich. Sie bot ihm Café und Bier an, entschied sich für die „Kühle Blonde“.
Nachdem er ein paar Schlucke etwas angeheitert war, und sie schon vor ihm auf dem Bett saß, fiel ihm ein witziges Kurzgespräch einer Filmszene ein. Dann sagte Jaschko, „Ich bin der Klempner. Haben Sie ein Feuchtigkeitsproblem?“ Lahoie lachte überrascht, und erwiderte, „Vielleicht habe ich ein Problem. Aber du hast eins...“ „Noch...“, antwortete der Heißsporn.
Während sie sich minutenlang die Körper inspizierten, gegenseitig die Augen tief blickten, er-

kannte er wie außergewöhnlich sexy sie war. Doch sein Glied regte sich noch nicht. Er zwang sich sein Glied noch nicht zu berühren. Obwohl Lahoie einen roten Lippenstift benutzte, ihre Haare seidig glatt zu einem Zopf band, und ihre Bluse nur locker von der Schulter hing, war Jaschko fasziniert von ihr. Ihr Blick ließ ihn nicht los, sodass sein Körper angespannt war. Jetzt dachte er an das „Verbinden", dass hätte er beinahe vergessen.

Aber es fiel ihm keine Verbindung ein. Er dachte an das Ficken, Blasen und Lecken. Selbst Anal-Verkehr schien ihm eine lustvolle Anregung zu sein. Irgendwie klappte sein Experiment nicht. In den nächsten Minuten betrachtete er sie an den Brüsten, dann ihre Augen. Wie ihr Venushügel wohl aussehen würde? Dann sagte er ihr, „Es klappt heute nicht. Es liegt nicht an dir. Ich sollte es noch weiter erforschen..." Lahoie erwiderte mit einem süßen Lächeln. Dann legte sie ihre Hand auf seinem Hosenknopf, und öffnete es behutsam. Schob ihre Finger an den Penis, und hielt das Mannes stück fest. Dann bewegte er sich zu neuer Größe und wurde zunehmend fester. „Du hast das Spiel verloren..." flüsterte sie, und zwinkerte mit einem Auge. Jaschko nahm die Situation für sich an, und näherte sich zärtlich zu ihrem Mund. Ihre Lippen berührten sich...

Nach einer Stunde liebevollen Zärtlichkeiten und hartem Sex, verabschiedete er sich.

Luc, die Katze

Luc war noch ein dreimonatiges Kitten als Jenkins das süße Kätzchen für gutes Geld aus einer Verkaufs-App erwarb. Sie war klug und lernwillig. Jenkins war glücklich beim Anblick diesen kleinem Geschöpfs. Sie miaute so natürlich, so dass es ihn einfach an Hingabe und Fürsorge überwarf. Freudentränen überkamen ihn dabei.

Jenkins war seit Jahren ein alleinstehender Mensch, der sich sein Leben lang eine Traumfrau wünschte. So schön, sexuell, aufreizend und natürlich an Charakter. So sozial und emphatisch liebenswürdig sollte sie sein. Doch er fand so eine Frau nicht. Die meisten Frauen, die er kannte, waren alt oder hässlich. Das lag aber daran, weil er ein armer Mann war. Ohne viel Geld musste er für sein Haushalt sorgen. Ein Auto konnte er sich mit seinem Einkommen nicht leisten. Übrig blieb auch nicht viel für Ausgeh-Abende in Diskos, Kneipen, Bars oder Kinos. So konnte er die Ansprüche der begehrten, hübschen Frauen nicht bedienen.
So wie Frauen ihrem genetischem Instinkt folgten, der Versorgung und Wohlbefinden einen hohen Stellenwert hatte, so war der genetische Instinkt der Männer auf schöne, sexuell, reizende Weiblichkeit ausgerichtet. Jenkins versöhnte sich mit dieser Genetik der Natur der Geschlechter. In der Tierwelt schien es bis auf wenige Ausnahmen nicht an-

ders zu sein. Und laut der Evolutionstheorie sollte der Mensch vom Ursprung von den Affen, und noch früher von kleinen Säugetieren abstammen. So war es nun einmal, womit er sich abfinden musste. Ein Mann ohne Erfolg hatte eben deshalb keine hübschen Frauen am Start.

Luc, Jenkins Katzendame, wuchs in den folgenden Jahren zu einer reifen Persönlichkeit heran. Aus einer anfänglichen Klugheit wurde in ihrer Teenager-Pubertät eine trotzige Göre, die wirklich alles in der Wohnung erforschte. Und durfte sie nicht auf den Computertisch heraufspringen, sprang sie trotzdem dahin. Doch mit der Zeit gelang Jenkins sein Verbot fast durchzusetzen. Nur wenn er im Zimmer schlief, und Luc die Gelegenheit ausnutzte doch zu der verbotenen Stelle zu kommen, ließ ihn aufwachen, um darauf seine Katze aus dem Zimmer zu jagen oder heraus zu schleppen.
Aber es gab viele süße Momente in der Mensch-Katze-Beziehung. Manchmal musste er über sie lachen. Wenn sie dann in die Küche hereinspaziert kam, wenn er zuvor dort im Kühlschrank nach Essbarem suchte, oder am Tisch etwas aß. Stets folgte sie ihrem Herrchen. Nur wenn er auswärts aus der Wohnung ging, versteckte sie sich unter dem Tisch oder hinter dem Fernseher. Vielleicht dachte sie an den Tierarzt mit der Spritze. Und aus Furcht und möglichem Schmerz in der Praxis, sorgte sie sich vor dem Zugriff Jenkins zu entfernen. Bei alledem war Jenkins sehr glücklich mit ihr.

Nach 20 Jahren gemeinsamer Beziehung zu Luc, hatte Jenkins einen Traum in der Nacht bekommen. Da sprach Luc zu ihm in angenehmer Stimme, „Mein geliebter Jenkins, ich war all diese Jahre deine Traumfrau in Katzengestalt. Du hast mich stets bei allem geliebt und umsorgt. Trotz meines gelegentlichen Verfehlens nach menschlichen Maßstäben hast du mich behalten. Ich lernte dich lieben und zu respektieren. Wach auf, mein Schatz..." Jenkins erwachte aus einem Tiefschlaf. Neben ihm auf dem Bett lag nun seine Traumfrau in Menschengestalt. Luc war verschwunden. Sein Traum wurde wahr. Das war die Belohnung für seine Liebe zu Luc.

Und wenn sie nicht gestorben sind, dann lieben sie sich noch heute...

Das Meer, in der ich verdurstete

Einst hatte ein Mann große Träume gehabt. Dieser Traum war es, dass ihn bewog ein Segelboot zu zimmern, um in das wunderschöne, große Meer zu segeln. Als er mit dem Segelboot fertig war, lies er alle seine Freunde wissen, dass er eine lange Reise vorhatte. Denn er hörte von einer Geschichte, die erzählte, welche viele Meerjungfrauen hinter dem Horizont sich tummelten. Dazu eine Tropeninsel, die von Meerestieren in den grünen Buchten nur zu wimmelte. Und die Sonne jeden Tag Licht und Wärme spendete. Dahin zog es den Abenteurer.

Nun brach er auf zu neuen Horizonten über die ruhige See, die an Romantik bei Sonnenaufgang in ihm zur Freude begeisterte. Die Tage und Nächte vergingen wie im Flug. Er fischte, um seinen Hunger zu stillen, er trank das Wasser, welches er an Vorrat mitnahm. Da kam der Tag als ihm das Wasser ausging. Die Sonne über dem spiegelglänzendem Meer blendete ihn. Die Fische gaben ihm ein wenig für sein Flüssigkeitshaushalt im Körper bei, indem er sie genüsslich verzehrte. Die Tropeninsel mit den Meerjungfrauen fand er sodann mit Erfolg. Diese hübschen Gestalten der holden Weiblichkeit der Meere sangen ihre Lieder mit betörendem Liebreiz und Anziehungskraft, so dass der Segler aus dem Boot fiel. So verzückt wie er war, so geil er dabei wurde, trank er zunehmend das salzige Meerwasser, in der er um sein Leben schwamm. Aber das Salz des Meeres lies ihn nur durstiger werden. Schluck um Schluck füllte sich sein Bauch. Der Durst und die betörenden Gesänge stressten ihn. Er gierte nach immer mehr, und wurde doch nicht satt davon. Keine Löschung der Triebe und des Verlangens nach dem Weiblichem, wonach er sich sehnte. Weder Akt noch Zärtlichkeit, die ihn in Geborgenheit umfassen sollte. Dann sah er die Insel aus der Ferne, die seine Hoffnung nicht ganz zerstörte. In quälender Anstrengung schwamm er zurück zu seinem Segelboot, dass nicht weit davon abgetrieben wurde. Den Durst unterdrückte er mit Disziplin und Zuversicht, denn die Insel wartete auf ihn. Nur mit einem rechnete er nicht auf seinem mutigem Abenteuer auf dem Meer.

Meerjungfrauen sind wie das salzige Meer. Sie sind spürbar nah, doch erreicht man nie die Sättigung, nach der man verlangt. So oft man danach dürstet, verdurstet der Mann, der seine Traumfrau zu finden sucht.

Doc

Es war einmal ein Mann in der Mitte des Lebens, der sowohl ambitioniert als auch ein Langschläfer war. So sehr er auch dagegen ankämpfte lange am Tag zu schlafen, so übermannte ihn oft die Müdigkeit in den Glieder und Knochen. Da er aber in seinem Leben stets ehrgeizig seine Ziele verfolgte, tat er sein Bestes diese zu erfüllen.

Nun sah er schon seit Monaten einen alten Mann vor seinem Haus spazieren gehen. Schmierige Haare, alte Klamotten und ein langsamer, behäbiger Gang, die er an jeden Beobachter und Fußgänger einen Eindruck von dem Alten vermittelte. Der Beobachter war der Schlafmeier Doc. Er bekam eine dunkle Vorahnung, wenn er diesen alten Mann beobachtete. Doc befürchtete er könne in einigen wenigen Jahrzehnten auch so enden. Da er ein Erfinder war, baute er eine Zeitmaschine. Mit dieser Maschine wollte Doc in die Vergangenheit reisen, um sein jüngeres Ego wichtige Informationen über seine Zukunft zu erzählen.

Der Tag war gekommen, als er diese Maschine 30 Jahre in die Vergangenheit katapultierte. Da war sein jüngeres Ich erst 13 Jahre jung. Der ältere Doc traf ihn in seiner Jugend beim Spaziergang durch den Stadtpark. Der Jüngere erkannte den Älteren noch nicht. Also nahm er die Gelegenheit wahr den Jungen anzusprechen. Er gab seine Identität nicht preis. Der Erfinder erzählte ihm, dass er für die Schule gut lernen solle. Statt eine Ausbildung zu machen, ins Gymnasium der Oberstufe gehen. Und die Religiosität könne er in die Tonne werfen. Denn besser sei es mit vielen jungen Frauen unendlich Sex zu haben, dabei viel Spaß zu haben. Sein Geld für Diskos, Partys und Cocktailbars, statt für Spiele und Bücher auszugeben. Das Leben genießen, statt Besitztümer anzuhäufen. Das Auto bekam er so oder so von seinen Eltern. Nach dem Abitur solle er etwas studieren was ihm Freude machen sollte, und nicht was ihm voraussichtlich eine Arbeit bescheren würde, denn die bekäme er auch so in die Hand. Lerne viele Menschen kennen, und mache sie zu deinen Freunden, denn im Alter sei es fast unmöglich neue zu bekommen. Als der ältere Doc ihm das alles eindringlich vermittelte, war der Jugendlich Ego von den Worten beeindruckt und dankte ihm.

Doc reiste wieder zurück in die Gegenwart. Da stellte er zu seinem Erstaunen fest, dass er ein wohlhabender Mann war. Er hatte eine Familie mit mehreren eigenen Kindern. Zwei Autos in der Garage. Einen Hund und eine Katze hatte seine Familie ebenso. Und das Haus stand in einer guten Wohngegend am Rande der Stadt, wo die Natur angrenzte. Doc war glücklich geworden, denn sein Traum hatte sich erfüllt.

Negativum

Garik, ein außergewöhnlicher junger Kerl, liebte es gehasst zu werden. Er provozierte jeden seiner Bekannten soweit, dass jene ihn nur noch hassen wollten. Er betrog jeden, den er übers Ohr hauen konnte. Die Nächstenliebe kannte er nicht, denn die Eigenliebe war in dermaßen so hohem Niveau als Narzisst zu erkennen, dass die anderen Menschen seine Arroganz nicht ertragen sollten. Wenn er durch die Straßen ging, gab es häufig verachtende Gesten von den Fußgängern. Doch Garik genoss diese Verachtung, denn es steigerte seine Lebensenergie zu Tageshöchstformen. Seine Eltern fragten sich warum er sich so entwickelt hatte. Und sie stellten ihn zur Rede. Garik antwortete, „Wenn ich gut wäre, dann wäre ich ein schwacher Mensch. Wenn sie mich nicht lieben wollen, dann sollen sie mich hassen. Je größer der Hass, desto besser geht es mir im Leben." Dann kam plötzlich der Teufel hinter ihm hervor und nahm ihn mit in den Wolken hoch. So in der Lüfte sagte der Teufel zu ihm, „Alles was du hier siehst und noch viel mehr übergebe ich deiner Herrschaft, wenn du mir einen bläst." Garik war erstaunt darüber, doch er lächelte. Der Junge erwiderte, „Wenn ich dich in den Arsch ficken darf, überlege ich mir dich doch nicht um deine Weltherrschaft zu bringen." Der Teufel erschrak, denn Gariks Vermessenheit schien unübertrefflich unverschämt zu sein. Da wollte der Teufel ihn in den Wolken loslassen, doch Garik packte rechtzeitig ihn am Schwanz, und zerrte an ihm wie ein wildes Tier. Der Teufel schrie, aber Garik genoss es. Am Himmel nahm Garik den Teufel von Hinten, penetrierte ihn ordentlich durch, stellte fest, dass des Teufels Anus sich wie eine Vagina einer Frau anfühlte. Während er ihn so durch rammelte, bekam der Teufel mehrere Orgasmen. Vor Lust nach mehr getrieben, forderte Garik ihn dazu auf, seine Herrschaft über die Welt ihm zu übergeben. Zunächst verneinte der Bösewicht. Daraufhin vögelte Garik ihn noch eine weitere Stunde durch die Mangel. Der Teufel konnte sich nicht von seinem Griff lösen. Ein Orgasmus nach dem anderen jagte ihn durch, und Garik genoss den Akt des Bösen. Irgendwann konnte der abgefuckte Teufel nicht mehr, und schrie, „Ich kann nicht mehr du geiler Bock. Lass mich los! Ich gebe dir alles was du willst. Die Herrschaft über die Erde." Und so bekam Garik die Weltherrschaft von nun an in den Händen. So wurde der Teufel machtlos und verschwand in einem Nichts. Garik, noch in der Lüfte allein gelassen, stürzte er in die Tiefe auf eine Scheune mit viel Heu. Doch der Sturz war so heftig, dass Garik ins Koma fiel. Im Koma träumte er wiederholt sein Leben nach. Er erkannte seine bösen Taten. Die Energie, die ihn nährte, während er sich stets als Negativum aufführte, war im Koma erloschen worden. Niemand besuchte ihn im Krankenhaus. Nicht mal seine Eltern kamen, denn sie hassten ihren bösen Sprössling. Irgendwann tauchte ein Engel auf zu seinem Bett. Es küsste ihn auf den

Mund. Garik erwachte sogleich. Der Engel sagte
daraufhin, „Die Welt ist seit deinem Koma gütig
und vernünftig geworden. Niemand tut böses
mehr. Denn den Teufel hast du durch deine List
ausgelöscht. Du konntest nichts böses vollbringen
während deines langen Schlafes. Durch meinen
Kuss bist du nun erwacht. Dein Geist träumte im
Koma noch vom Bösen, aber ich habe es absor-
biert. Das Gute herrscht jetzt über dich. Du bist
zum Bösen nicht mehr fähig. Deine Energie be-
ziehst du jetzt aus guten Taten in der Welt. Denn
du bist der Weltretter geworden."

Asiness

Es war einmal der Geist Asiness. Und jeden Menschen, den es einnahm, wurde zu einem Asi. Besonders die Jugendlichen befiel das Asiness. Die Eigenschaften veränderten sich von sozialem Verhalten zum Asozialem. Von Selbstlosigkeit zum Egoismus. Von Empathie zu Gleichgültigkeit.

Doch es gab einen Mann, der war immun gegen diesen bösen Geist. Vielleicht lag es an der Liebe seiner Mutter, die ihn groß gezogen hatte. Möglicherweise auch an der religiösen Prägung, die den moralischen Kompass in dem Mann stets in die richtige Richtung wies. Irgendwann nahm sich der Mann Meryl die ambitionierte Idee auf diesen Geist aus der Welt zu schaffen. Er wusste das er diesen bösen Geist Asiness nicht direkt töten konnte. Also überlegte er wie er das anstellen könnte. Da es keine offiziellen Geisterjäger gab, fühlte er sich berufen selbst einer zu werden. Er las in spirituellen Büchern nach, studierte sie, und nahm die wichtigsten Erkenntnisse auf. Am nächsten Abend zündete Meryl ein Lagerfeuer in einer Waldlichtung an. Dann rief er den Waldgeist Birte an. Dabei sang er das Lied der Wälder, und tanzte um das Feuer herum. Alsbald erschien Birte, und fragte den Amateur-Schamanen was sein Anliegen denn wäre. Meryl holte sein Mut zusammen, dann sagte er,

„Töte Asiness! Denn der böse Geist zerstört die Moral in den jungen Menschen." Birte antwortete in weiser Betonung, „Asiness ist das Gegenteil von moralischer Güte. Ohne sie würden die Menschen garnicht erkennen was Gut und Böse ist. Es ist wie das Yin-Yang-Prinzip. Deine Güte grenzt dich vom Bösen ab. Sei stolz darauf, und lebe weiter so." Daraufhin verschwand Birte aus dem Schein des Feuers. Und Meryl lebte fortan zu einem verständnisvollem Mann, der jeden Asi mit einem Augenzwinkern begegnete, denn er wusste, dass Asiness wichtig war, damit er deutlich machte, er ist der Antagonist, der das Gute verkörperte.

Being J.G.

Der Vormieter ging geradewegs an dem Haus vorbei, wo er einst mit seiner Ex zusammen lebte. In diesem Haus wohne ich jetzt. Als Geschäftsfrau eines Kitschladens, lebe ich allein in dieser großen Wohnung, die die obere Hälfte des Hauses befindet. Mein Freund kommt mich jedes Wochenende besuchen. Ich liebe ihn, da er ein gutaussehender Mann ist, dazu ein tollen Beruf, sowie er gut ficken kann. Das letzte Mal hat er mich so gebangt, eine ganze Stunde lang, so dass ich mehrere Orgasmen erlebte. Er ist so ein guter Liebhaber, darum möchte ich ihn für immer behalten. Vielleicht bittet er eines Tages mich zu heiraten.

Eine Woche später.

Ich bin untröstlich. Mein Freund hat mit mir Schluss gemacht. Warum nur? Er schrieb mir, dass ich eine Drecksfotze wäre. So eine Schlampe wie mich könne er überall bekommen.
So ein Idiot. Tja, ich werde jetzt meine beste Freundin anrufen. Nach drei Stunden Gespräch komme ich zu dem Ergebnis, dass er es nicht wert war. Ich sollte jetzt herumhuren wie die Männer. Denn wir leben in einer modernen, emanzipierten Zeit. Am besten rufe ich einen guten Freund an. Ja, genau, den Fucking Man,
der soll es mir dann besorgen...

Und wenn sie nicht gestorben sind,
dann vögeln sie noch heute...

Bellamy

Meike hatte ihn ihr vorgeschlagen. Und sie lernte ihn ein halbes Jahr vorher über ein Dating-App-Partnerbörse kennen. Sie beide waren noch solo, und deshalb schlug Meike für ein Blind-Date den Sepp vor. Meike wollte ihn nicht, denn sie hatte den Anspruch, dass ein Mann ein Auto haben sollte. Den er aber nicht besaß, weil er zu arm dafür sei. Nachdem Bellamy und Sepp das Date vereinbarten, lud er sie zum Eiscafé in der Innenstadt ein. Da sie kürzlich ihre Arbeit in der Probezeit gekündigt bekam, tat Sepp ihr leid. Er freute sich wohl so eine hübsche, gleichaltrige Frau für sich gewinnen zu wollen. Also spendierte er ihr das Eis. Dann gingen die beiden zu ihrem Auto und fuhren zum nahegelegenen See der Stadt, um einen Spaziergang zu machen. Eigentlich hatte er ein Picknick vorgehabt, aber Bellamy lehnte ab. Am See saßen sie nun auf einer Parkbank zusammen. Einige Scherze brachte sie zum lachen, doch er erzählte ihr so einiges vom Leben. Als die Stunde verging, fuhr sie ihn wieder nach Hause. Einige Tage später hatten sie ihr zweites Date in der Pizzeria der Stadt. Dort lud Sepp sie nochmals ein. Ihr gefiel es, alsdann sie gemeinsam einen Spaziergang zum großen Ratsplatz machten. Dort auf der Sitzbank erklärte er ihr seine Pläne wie er eine Zukunft mit ihr vorstellen würde. Bellamy gefiel es so sehr, so dass sie sich zum Abschied küssten. Einzweimal auf die Lippen. Zum dritten Date lud

Sepp sie sich zu Hause ein. Es war ein Samstag, der 4. Juni 2016. Er räumte und säuberte seine ganze Wohnung, kochte ein Menü, sowie Duftkerzenschein und Youtube-Musik seiner Wahl aus dem Smart-TV. Sogar sein Bett bezog er neu. Zunächst freute sich Bellamy darüber. Dann küssten sie sich beide. Es sollte wohl zu mehr kommen, aber Sepp wollte den bevorstehenden Akt ohne Kondom vollziehen. Also erklärte er ihr, er würde gern ein HIV-Test morgen machen, und sie eben auch. In dieser heißen Phase der sexuellen Erregung war das ein kleiner Schock für sie. Sie schluckte erst mal, denn sie war wirklich überrascht darüber. Sie meinte er wäre vernünftig. Doch sie schien nicht wirklich damit einverstanden zu sein. Anschließend las sie kurz sein Gedichtband vor. Sepp schlug das Petting vor, aber sie lehnte ab. Etwas später gingen sie gemeinsam über die Wiesen spazieren. Dort hegte er den Plan gemeinsam Kinder haben zu wollen. Sie widersprach nicht und lächelte mit weit offenen Augen der Überraschung. Sepp dachte er hätte sie schon für sich gewonnen, aber er täuschte sich gewaltig. Noch zum Abschied vor seiner Wohnung küsste er sie auf die Lippen, aber sie erwiderte es nicht mehr so wie vorher. Als er so allein zur Haustür ging, winkte er ihr zu, und sie lächelte wieder zurück.

Am nächsten Morgen machte er den Test beim Arzt. So gegen späten Nachmittag sollte ich sie anrufen. Da teilte Bellamy Sepp mit, dass es mit ihnen beiden nichts werden würde. Es würde nicht

passen. Sepp wurde am Telefon sprachlos, denn damit hatte er gar nicht gerechnet. Es schockierte ihn, denn er glaubte sie gewonnen zu haben. Sie hatte doch so zum Abschied gelächelt.
Sepp verstand die Welt nicht mehr.

Erst Wochen später begriff er welche Fehler er mit ihr gemacht hatte. Der Familienplan war zu verfrüht. Den ersten Sex hätte er mit dem Kondom machen sollen. Den Test erst viel später. Die Musik gefiel ihr wohl nicht. Seine Wohnung war ihr zu ungemütlich. Das Menü war ein Schweineschnitzel, und wie Sepp wohl noch nicht klar war, konnte das falsche Fleisch zum Unwohlsein führen. Und er war noch zu dick, was man deutlich am hellen Hemd erkennen konnte. Das waren die Fehler, die er nie wieder machen wollte.
Und bis heute reut ihn die Tatsache, dass er durch das plötzliche Abbrechen des sexuellen Vorspiels sie abspenstig machte, und er den Akt verhinderte. Dabei wollte er nur für drei Tage später den Sex ohne Verhütung mit mehr Freude vollziehen. Diesen Verlust schmerzte ihn noch Monate hinaus, und vergaß nie wieder derartige
Fehler noch einmal zu machen.

Die Erfahrung ist die bitterste Erkenntnis, womit ein Mensch leben muss und auf ewig verfolgt.

Seelenverwandt

Als ich das erste Mal ihn sah, war ich fasziniert von ihm. Es gab da eine Dokumentation von dem amerikanischen Schriftsteller Henry Miller im TV. Es gab viele Ähnlichkeiten mit meinem Leben und Interessen, sowie Eigenschaften, die mir teils unlieb, aber auch gerne auslebte. Der Sex spielte in seinem Leben eine große Rolle, die er in seinen Werken niederschrieb. Ebenso waren die Frauen stets ein Mittelpunkt, die er liebte. Seine unangenehmen Erinnerungen der Kindheit; die Idealisierung des Weiblichen, die ihn nie ganz den Vorstellungen genügte; und das unendlich leidliche, lange Ausharren einer Arbeitsstelle ertrug er nicht. Das Leiden von Menschen in Arbeitsverhältnissen verstand er wie kein anderer, da er wie viele andere auch selbst erlebte. Millers sexuelle Erfahrungen und philosophischen Ansichten spiegelten seine Schriften wieder. Henry genoss sein Leben in allen Zügen der sexuellen Freiheit. Vieles an dem fühle und schätze ich auch in meinem Leben. Dieselben Erfahrungen und Bestrebungen, sowie die Gedanken, teile ich.
Wenn ich ihn persönlich kennengelernt hätte, dann wäre ich mit ihm Eins geworden. Und diese gefühlte Einheit im Geiste der Brüderlichkeit wäre eine Bestätigung für meine Lebensweise geworden, ohne jemals den Gedanken gehabt zu haben was falsch zu machen. Eine Geradlinigkeit meines Schaffens ohne Zweifel und Reue.

Das muss wohl echte Selbstliebe und auch Seelen-
verwandtschaft sein...

Die Nachbarin Milfgard

Tomaire, ein Student, suchte gelegentlich sein Ausgleich, indem er am Fenster des ersten Stocks zu einer Nachbarin gegenüber schaute. Dabei hielt er manchmal seine grau getigerte Katze am Arm, um sie bei ihrer Beobachtung zu streicheln und auf ihrer Stirn zu küssen. Dabei schnurrte sie genügsam. Nun kam es eines Abends in der Sonnendämmerung dazu, dass diese Nachbarin, deren Namen Tomaire noch nicht kannte, sich nackt auszog. Und nicht vor einem Vorhang, sondern auf dem Balkon ihrer Wohnung im zweiten Stock. Die Entfernung lag so bei 200 Metern. Sie war schlank, seidene, glänzende Haut, wunderhübsche Haare, und ein Gesicht wie das eines Engels gleich. Das gefiel Tomaire, und es erregte ihn. Dabei starrte er auf sie, ohne zu bemerken, dass das Engelsweib im Grunde ihn auswählte ihm die Ehre zu erweisen, um ihren Körper zu bewundern. Aus dieser Starre löste Tomaire sich, schloss das Fenster, und ging daraufhin in sein Wohnzimmer auf seiner Couch. Er war ganz benommen von der Sache.

Als er zu Bett ging, träumte einen feuchten Traum des Verlangens zu der süßen Nachbarin. Der Morgen darauf ließ ihn ein Vorhaben schließen sie zu besuchen. Er nahm zwei Kondome mit, falls eins davon reißen sollte, denn sein Schwanz gehörte zu der langen, dicken Sorte. Vor ihrer Haustür stand Tomaire nun, klingelte zweimal, war aber sich nicht sicher, ob ihr Name auf dem Schild die Richtige war. Es war ein zweistöckiges Haus, dass neu gebaut worden war, und sie schien die Erste zu sein, die einzog. Also musste Milfgard einzig wahr sein. Nach einer kurzen Weile klingelte er nochmal. Dann ertönte das Signal des Türöffners. Tomaires Atem stockte, sein Herz raste auf 150 Schläge schnell, dann ging er so cool wie möglich die Treppen hoch, um an die Wohnungstür der begehrten Frau zu stehen. Da stand sie völlig nackt vor ihm. Weder ein Bademantel noch eine sonstige Bedeckung verhüllte ihren geschmeidigen Körper. „Mein Name ist Tomaire. Ich bin ihr Nachbar gegenüber. Und ich möchte dich ficken!" ermutigte er sich ihr zu sagen. Schaute ihr fest in die Augen, die sie erwiderte. Doch sie antwortete nicht. „War sie stumm?", dachte er sich im Stillen. Sie nahm seine Hand, und zog ihn durch die Wohnung in ihre große moderne, ausgebaute Küche. Dann beugte sich sich hinunter zu seinem Hosenschlitz, um es zu öffnen. Knopf für Knopf entledigte sie seine Jeans. Was dann passierte, konnte sich jeder vorstellen. Nachdem Techtelmechtel, dass Stunden andauerte, ging er wieder glücklich und zufrieden nach Hause. Als er sich duschen wollte, sah er sich im Spiegel an, und aus dem jungen Studenten wurde ein alter grauhaariger Mann, der sich kaum wiedererkannte. Tomaire war gealtert. Das bedeutete, der Sex mit Milfgard lies ihn bedeutsam altern, während sie sich verjüngte. „Ach du meine Güte!", schrie er aus dem Bad. Er wurde zu einem Jungbrunnen für Milfgard missbraucht.

„Sie ist kein Engel! Verdammt, sie ist eine Hexe, aber eine verfickt Gutaussehende!" donnerte er durch seine Wohnung. Dann fiel ihm eine Geschäftsidee ein. Tomaire ging nochmals am nächsten Tag zu ihr. Er unterbreitete ihr seine Idee aus, worin sie seine Prostituierte werden sollte, und er ihr die Männer zuführen würde. Der Handel zwischen den Freiern war nicht das Geld, sondern sie verkauften ihr Lebensalter an ihr, womit Milfgard sich verjüngte. Und sie gab ihm eine Vergütung für jeden Mann, den sie zum Akt bekam.

Und wenn sie nicht gestorben sind,
dann geht das Treiben immer weiter...

Das Leben ist kein Märchen...

Von frühster Kindheit auf schaute ich mir stets gerne gute Filme und Serien im TV an. Da wurde mir vermittelt das es fast immer ein Happy End gibt. Das freute mich einerseits, da ich so gut wie daran glauben konnte, dass es das Gute im Menschen das Leben bestimmt. Ich glaubte ebenso, als ich schon volljährig wurde, dass die Frauen die Liebe über alles schätzten. Lyrische anmutende Verse sollten die jungen Mädchen für mich begeistern. Statt auf sexuelle Erlebnisse mit ihnen zu drängen war ich auf dem Pfad der Tugend gewandelt. Sex ist zwar für Männer das Wesentlichste überhaupt, für Frauen dagegen eine Nebensache, die dazu gehörte. So glaubte ich es damals. Tatsächlich verhielt es sich doch anders als ich mir es je vorstellen konnte. Erst in der Mitte des Lebens begriff ich, nach etlichen Dates, Beziehungen und Affären, dass der Sex ebenfalls einen sehr hohen Stellenwert für sie hatte. Welche Frau interessierte sich schon für Gedichte und Geschichten? So gut wie keine, die je wirklich Interesse daran hatte. Ich verstand ebenso, dass das weibliche Geschlecht einfach Geldgeil und Materialistisch auf eine Wohlfühlbasis aus war, und der vermeintliche Prinz eben diese Wünsche erfüllen musste, wenn er erfolgreich bei einer landen wollte. Mit guten Absichten, Geschichten und liebe Verse kam man in der Regel nicht weit. Das Märchen vom Happy End und den edlen Tugenden gab es nur im TV der

Filme und Serien. Wenn man als Kind beim Zuschauen nicht aufgeklärt wurde, dann glaubte man daran. Sinnvoller wäre es gewesen, wenn die Eltern dabei mit schauten, und die Realität vermittelten. Die bittere Wahrheit, dass Männer nur dann Prinzen sind, wenn sie Geld, Status und etwas Macht hatten. Und die vermeintliche Prinzessin eigentlich oft untreue, anspruchsvolle, selbstsüchtige Schlampen sind. Schlampen im Sinne von mit vielen Männern Sex zu haben. Und oft mit einem Mann zu haben wäre eigentlich das richtige Maß gewesen. Ich persönlich halte nicht viel von Frauen, obwohl ich die Schönen begehre und oft geliebt hatte. Die Hässlichen sind bedauernswert, äquivalent dazu die Männer, die leider in Armut fristen müssen, wenn sie nicht mehr arbeitsfähig sind. Sei es durch das Altersgebrechen oder einer Krankheit, wofür man nichts konnte. Die Behinderten sind noch schlimmer dran, da sie zum Beispiel von der Lebenshilfe ausgebeutet, und bei potenziellen Partnerinnen oft abgelehnt werden. Welche Frau will schon ein behindertes Kind gebären? Also geben diese im Grunde scheinheilige Ausreden, um die Avancen der Behinderten abzulehnen. Das Leben ist eben kein Märchen...

Workaholics

Mein Vater war ein Arbeitstier. Wenn er nicht zur Arbeit musste, dann werkelte er entweder im Garten samt der Gartenlaube, oder machte Besorgungen für das selbstgebaute Haus für die Familie. Nie war er damit fertig. Der ganze Stress kostete ihn mit 53 Jahren das Leben, alsdann er einen raschen, tödlichen Herzinfarkt bekam. Dabei wollte er doch für die Rente ein genüssliches Leben führen. Alles für die Katz!

Ich erlebe immer wieder wie Menschen im Bekanntenkreis in mehreren Jobs arbeiten, und fast nie Zeit haben für persönliche Beziehungen zu Freunden und dem Partner. Ich finde es einfach grausam gegenüber denen selbst, als auch den Beziehungen, die sie nahestehenden Menschen antun. Die Vernachlässigung zur Freundschaftspflege und die Arbeitswut kann ich nur mit zwei wesentlichen Ursachen begründen, die ich zu erkennen mag. Das eine ist wohl die Unfähigkeit mit den eigenen Problemen klar zu kommen, die seelischer Natur ist. Und damit einher verbunden die Flucht aus diesem persönlichen Dilemma in die Arbeit. Der andere Grund mag bedeutender in dem Anspruch liegen den Wohlstand der Seinen zu mehren, um aus der Erschöpfung beispielsweise mehr Urlaube, größere Anschaffungen als auch eine wohlsituierte Wohnung bzw. für ein Haus zu sparen. Der damit verbundene Stress soll dann in dem

Materialistischen des Besitzes ausgeglichen werden. Die Seele der Workaholics erleidet lange
Schaden, die zu chronischen Krankheiten
wie Bluthochdruck , Burnout und deren
Folgekrankheiten resultieren.

Ich bedaure Menschen, die ihren Selbstwert in der
Arbeit, und deren vermeintlicher Anerkennung in
der Gesellschaft suchen und glauben zu finden.
Was aber wenn so ein Workaholic in einer schwe-
ren Krankheit endet, die ihn nicht mehr arbeitsfähig macht? Der bleibt auf der Strecke und endet in
Depressionen und mangelndem Selbstwertgefühl.
Die Hilflosigkeit die darauf folgt, ohne zu wissen
wie sie dann mit ihrer nun unendlichen Freizeit
umgehen sollen, führt zwangsläufig zu seelischer
Not und immensen Langeweile. Bedauernswert!

Der große deutsche Schriftsteller schrieb „Die An-
ekdote zur Senkung der Arbeitsmoral". Darin liegt
die Lösung. Und die Menschheit wäre nicht mehr
Sklave des selbstgeschaffenen Leides ihres
vermeintlichen Wohlstandes.

Betrogene Steffi

Ich hatte mal eine Nachbarin namens Steffi. Diese Frau um die Mitte Dreißig war eigentlich etwas nachlässig in der Kleidung, aber doch gastfreundlich genug um mich gelegentlich in ihrer Wohnung zum Getränk einzuladen. Das freute mich doch sehr, da wir uns manchmal blendend unterhielten. Im Grunde hatte ich kein Interesse an ihr, da sie einerseits einen Freund aus Wismar hatte, und anderseits sie nicht mein Typ war. Der Wohnort des Freundes lag etwa 100 Kilometer weit von uns entfernt. Er besuchte sie an fast jedem Wochenende, und einige Male nahm er sie sogar mit zu ihm. Er schenkte ihr sogar einen Notebook, mit der sie spielen konnte. Wie sie mir viel später erzählte, war ihr Freund oft mit den Gedanken abwesend, wenn auch mit seinem Smartphone beschäftigt, während sie zusammen waren.

Nu kam es eines Tages als ich Steffi weinend im Hausflur antraf. Ihre Tränen waren nass, feucht und bitterlich, denn ihr Freund hatte sie wegen einer anderen verlassen. Zudem hatten sie gemeinsam kürzlich ihre Wohnung gekündigt, damit sie zu ihm ziehen konnte. Die plötzliche Trennung und schlimmer noch sie aus der Wohnung zu locken, damit sie in einer gekündigten Wohnung da stand. Sie konnte und wollte die Kündigung nicht rückgängig machen, da sie auch unzufrieden mit

der Wohnsituation war. Also beschloss sie zurück zu ihrer Familie in Soltau zu ziehen. Ich bedauerte die ganze Situation, da ihr Ex sie mehrfach hereinlegte. Er hatte sie nur zum Warmhalten zum Ficken benutzt, bis er eine neue attraktivere für sich erobern konnte. Zum anderen hatte er sie aus ihrer Wohnung gelockt, und stand Gefahr auf der Straße zu landen, da ein Teil ihres Inventars schon bei Ex stand. Auf Nachrichten und Briefe antwortete er nicht mehr. Ich empfand das alles von ihrem Ex als moralisch höchst verwerflich. So was verdiente nur Abscheu und Verachtung.
Wie konnte ein Mann so niederträchtig handeln? Diese Welt ist grausam, und sie sollte nicht so sein.

Hüte dich vor Partnern oder Partnerinnen, die oft geistig abwesend sind, denn sie können finstere Pläne mit dir schmieden, und schlagen zu, wenn du es am wenigsten erwartest.

Anleitung zur Weltherrschaft

Malcolm war ein Selfmademan ersten Ranges. Durch geschickte Investitionen erlangte er nach langer, harter Arbeit zu einem beträchtlichen Vermögen. Zum Milliardär schaffte er es innerhalb eines Jahrzehnts nach dem Millennium.

Nun hatte er eines Nachts einen Traum. In diesem Traum erlangte er als Cäsar die Herrschaft des römischen Imperiums. Und dieses Imperium sollte erneut in der Moderne hergestellt werden. Da die moderne Politik und Gesellschaft dies nicht ohne weiteres möglich war, erdachte er einen Plan wie er es bewerkstelligen könnte. Die Roadmap sollte folgende wesentliche Schritte einleiten. Die Bedingung war, dass er aus geheimen wissenschaftlichen Erkenntnissen wusste, dass ein Asteroid auf die Erde in etwa einem Jahrzehnt auf die Erde knallen würde. Diese würde die fast komplette Auslöschung der Zivilisationen auf dem Planeten bedeuten. Malcolm nahm sich vor dies für seine Pläne für die neue Weltordnung zu Nutze zu machen. Die Postapokalypse als Neustart eines allumfassenden Imperiums seiner und historischen Machtanspruchs. Er kaufte Stahlunternehmen, die für seine zukünftige Legionen Waffen und Rüstungen herstellten. Dazu baute er in logistisch wichtigen Orten Depots, wo diese lagern sollten. Ebenso gigantische Vorräte an Lebensmitteln, Wasser und Medikamente. In einer Stiftung seines Unternehmens warb er Tausende Fachkräfte und Söldner in einem Verbund zusammen, die noch unwissend darauf vorbereitet wurden, wie es nach einer Postapokalypse das Überleben zu sichern. Da moderne Waffen- und Raketensysteme nicht einfach so einzukaufen, noch militärische Drohnen zu besitzen erlaubt waren, legte er sich für einfache antike Schwerter, Schilde und Rüstungen fest. Zudem wäre Elektrizität nach der globalen Katastrophe schwierig in großen Mengen zu erzeugen, da Kraftwerke nicht mehr funktionsfähig wären. Moderne Computersysteme würden ohne Strom nicht funktionieren, und dies würde bedeuten, dass die jetzigen Waffen nicht zu gebrauchen wären. Der globale Wintereinbruch nach dem voraussichtlichen Einschlag würde für die Menschheit eine große Herausforderung darstellen. Von den Milliarden Menschen würden optimistisch, schätzungsweise zehn Prozent überleben. Darum baute er in Europa dezentral große Bunker unter der Erde auf. Diese Bunker sollten seine Mitarbeiter bzw. Söldner beherbergen, wenn es zum Tag X kommen sollte. Alles sollte gut vorbereitet sein.

Ein Jahrzehnt später...

Der Asteroideneinschlag kam wie von Astronomen berechnet auf die Erde an. Die weltweite Bevölkerung wurde nicht vorgewarnt, da die Regierungen eine Massenpanik verhindern wollten. Die innersten Zirkel der Politiker wussten davon, aber sie konnten die Katastrophe nicht verhindern, da

dieser Gesteins- bzw. Eisbrocken zu groß war, um
es umzuleiten oder zu zerstören. Eben diese
Politiker zogen sich rechtzeitig in die Bunker, die
sie selbst zuvor erbaut hatten. Aber Malcolm hatte
ebenfalls für die Seinen vorgesorgt, und sie
verlegten sich gut vorbereitet in
diesen Refugien der Sicherheit.

Nach dem Feuersturm und Tsunamis, darauf die
Hitzewelle, starben Milliarden Bewohner dieses
Planeten. Dann folgte durch die gigantische
Aschenentwicklung ein Treibhauseffekt
in der Atmosphäre. Die Erde kühlte
auf arktische Temperaturen stetig ab.

Nach einem Jahr arktischer Kälte und allen toten
Lebens, mit Ausnahme weniger Überlebende, zog
Malcolm sich aus dem Bunker hervor. Seine Solda-
ten breiteten sich in Thermobekleidungen und Be-
waffnung in der neuen verwüsteten Umwelt aus.
Sie bauten römische Kastelle, bildeten Forts, bildeten ein Nachrichtensystem für die Kommunikation aus, und integrierten die kleinen Gruppen der
Überlebenden ein. Diejenigen, die Widerstand ge-
waltsam leisteten, wurden in Gefängnissen ge-
steckt, wo sie ein gutes Leben führen konnten, da
sie mit allen Bedürfnissen und persönlichen Sicher-
heiten ausgestattet wurden.

Zehn Jahre später...

Ein neues Imperium Romanum entstand in Europa. Malcolm als Cäsar, und Senatoren, die die Werte der Republik wahrten, so wie einst Augustus das alte Rom regierte. Eine neue Blütezeit war entstanden. Die übrige Welt ruhte nicht sich ebenfalls zu neuen Regierungen zu bilden. Doch Malcolm war auf Frieden aus. Der römische Frieden, genannt Pax Romana, sollte für alle gelten.

In einer lebensfeindlichen Umwelt war es Malcolm gelungen eine neue, antike Weltordnung zu entfalten. Und unter seiner Herrschaft waren alle glücklich und zufrieden.

Alles hat seinen Grund

Oft hatte Esomene sich gefragt warum all dieses Unglück in seinem Leben passierte. Scheinbar geschah nichts ohne Grund. Viel Stress und Leid mit mehr oder weniger viel Aufhebens, den er nicht verstand, da die Folgen zunächst nicht absehbar waren. Esomene, so wie viele andere Menschen auch, lebten mit ihren Entscheidungen, die sie selbst getroffen hatten, oder passiv ertragen mussten, die andere über sie trafen. Souverän zu sein war eigentlich nicht möglich, so wie er anfangs dachte.

Früher erfanden die Naturvölker Götter und Mythen, die die Schicksale der Menschen bestimmten. So zum Beispiel die drei Nornen, Schicksalsweberinnen, der europäisch, nordischen Mythologie. Esomene kannte viele Mythen und deren Bedeutungen. Irgendwann in seinem Leben erdachte er sich ebenfalls ein Mythos, wovon er glaubte, dass diese Schicksalswesen die Leben der Menschen auf dem Planeten bestimmte. Also Aliens, die wir bis dato nicht erfassten und entdeckten, uns beherrschten. Sie hielten sich soweit so gut bedeckt, dass eigentlich nur die Wahnvorstellungen von Schizophrenen sie phantasievoll erfanden. Diese bedauernswerten Menschen glaubten sogar daran. Gewöhnliche Otto-Normal-Verbraucher taten es eher als Hirngespinste von Kranken ab. Jedenfalls glaubte auch Esomene daran.

Zu diesem Phänomen der Fremdbestimmung, die selbst nicht nur Psychosen waren, sondern ebenfalls Menschen mit durchschnittlichem Verstand glaubten, versuchte Esomene dieses wissenschaftlich zu erklären. Jene Aliens entschieden in ihrer Unsichtbarkeit für Menschen weitreichende Schicksalswege an jeder Weggabelung, der sie betraf. Diese Fähigkeit hatten sie in weit fortschrittlicher Weise perfektioniert. Wenn sie ein Fall entschieden, dann für je nachdem ob gut oder böse derjenige oder diejenige war, den weisenden Weg ins Glück oder Verderben. Für gute Taten sollte es Glück verheißen, für böse taten ins Verderben. Ein antikes römischen Sprichwort besagt, „Der Besiegte weint, der Sieger geht zu Grunde". Oder man sagt, dass Karma bestimmt das böse Taten sich irgendwann rächen. So glauben es viele, selbst Atheisten scheinen diesem Dogma zu folgen.

Das Wesentliche war, dass jedes Unglück die Konsequenz böser Taten waren, aber ebenso für die Zukunft Glück bedeuten konnte. Wenn zum Beispiel ein Mann sich in die Frau, in der er sich verliebt, ein Scheitern der Paarbildung führt, dann nur deshalb, weil den Beiden was besseres bzw. was passendes für die Zukunft vorsieht. Denn angenommen beide wären zusammen gekommen, dann wäre Leid und Streit die Folge gewesen. So entschieden die Aliens zum Wohle der beiden das Leid zu ersparen, um die Zukunft sinnvoller zu bestimmen. Selbst dann, wenn zunächst Liebeskummer

den Verliebten erleidet. Dagegen werden ungleiche Paare rasch ihr Lebensglück verwirken, da nach der Phase des Verliebtseins, die Realitäten sie einholen, und das Zusammensein zur Trennung führt, oder Streitereien sie erleiden.
So war das mit dem Schicksal nun mal.

Diese Aliens nannte fortan Esomene „Tain". Und mit der Namensgebung und den Wirkungen dergleichen hatte dieser Mythos seine gänzliche Abstraktion verloren.

Es liegt nicht an dir

Papillon fand Frauen schon immer sehr anziehend und interessant. Deshalb schaute er oft nach ihnen und machte sich so seine Gedanken darum. Nach vielen Dates und Kontakten stellte es sich die Frage was denn falsch lief, wenn es scheiterte. Er gab mal sich die Verantwortung, oder ab und mal der Frau für das Misslingen des Rendezvous. Aber im Grunde lag es schlicht und einfach daran das es nicht zusammen passte. Erst kürzlich hörte es was von der Autorin Helen Fisher, die mehrere Bücher veröffentlichte, die um die vier Liebestypen handelte. Kurzum, je nach Konstellation konnte es passen oder auch nicht. Die vier Typen waren nach den vorherrschenden Hormonen Östrogen, die Diplomaten, das Dopamin, den Entdeckern, das Serotonin, den Gründern/Architekten, und das Testosteron für Wegbereiter/Regisseure gesteuert. Papillon erkannte nun im Rückblick das seine Beziehungen und Dates in diesem Kontext einen Sinn ergaben. Die Frau, die er bisher am meisten liebte, war derselbe Liebestyp. Und die letzte gescheiterte Beziehung lag am verkehrten Liebestyp der Partnerin. Was für eine Erkenntnis!

Es lag nicht an Papillon...

Lass es dir gut gehen

Jannis, ein sonderbar cooler, junger Mann machte sich zu oft Stress im Leben dadurch, dass er aufgrund seiner häufigen Undiszipliniertheit ein sehr schlechtes Gewissen einbüßte. Er fühlte sich unleidlich unwohl, wenn er seine Pflichten nicht erfüllte. Er legte sich vor der Erfüllung der Aufgaben auf dem Bett hin, bekam bei langen Liegezeiten Kopfweh, und erleichterte sich mit Schmerzmitteln, um den Ungemach loszuwerden. So erging es Jannis oft in den langen Tagen, Wochen und Monaten. Er suchte nach einer Lösung für diese Prokrastination. Er fand jedoch eines Tages heraus, mittels eines YouTube-Videos, worin ein Medizinstudent Ratschläge für das Lernen offenbarte, dass das Nahrungsergänzungsmittel Ginkgo aus dem asiatischen Raum, die Prokrastination erheblich verringerte. Und es sollte auch so sein, als er es einnahm. Zusätzlich schaute Jannis Videos für das disziplinierte, effektive Lernen an. Darin waren viele gute Tipps für den Erfolg enthalten. Er beherzigte auch diese Hacks. Alles funktionierte auf die Erfolgsspur, die er sich wünschte.

„Lass es dir gut gehen" bedeutete eigentlich nicht das Tägliche in den Tag hineinleben, sondern ein erfülltes Leben mit einer Aufgabe, die den Menschen beschäftigen sollte, um einerseits Stolz und Selbstvertrauen, andererseits durch Erfolg in kleinen Schritten zu gewährleisten. Ein wenig mehr Sinn im Alltag, das Glück zu spüren seinem Ziel näher zu kommen. Selbstbewusstsein durch den vielzitierten Satz „Ich schaffe das!" mit dem „Know-How" jeglichen Ziel zu erreichen.

Glück und Zufriedenheit durch kleine Aufgaben und Pflichten. Und sich mit Spiel und Lust zu belohnen.
Und sportliche Aktivitäten tun ihr übriges, um sich mit Glückshormonen zu befüllen.

Lass es dir gut gehen...

Mensch, ärgere dich nicht

Ludo, ein gelegentlich zu Wutausbrüchen neigender Mann wollte eigentlich sich nicht zu unwichtigen Dingen im Leben aufregen. Ungerechtigkeiten verlangten gerade dazu ihn jähzornig zu machen. Zum Beispiel, wenn es einen Menschen gab, der in allzu gierigem Übermaß Lebensmittel von der Tafel in unverschämter Weise von der Tafeltante erbettelte. Statt wie nur für sich das Maß einzufordern, errang er sich für das Zehnfache dessen was er verzehren konnte. Seit Monaten beobachtete Ludo dieses Treiben. Und jedes mal geriet er zorniger Wallung, die seine Gesichtsröte erhellen ließ. Er beschwerte sich schon darüber, aber bisher half es nicht, denn die Verantwortlichen kümmerte es nicht. Warum auch immer...

Ludo beschloss eine rational-emotionale Maßnahme für sich zu etablieren, in dem er bei erneutem Wutausbruch sich zu beruhigen versuchte. Ein zur Ruhe regelnder Satz, der einem Spruch gleich kam. Ludo kannte von irgendwoher den Spruch, „Wer sich über jemanden aufregt, der tut die Buße des anderen". Das klang vernünftig. Jedoch beruhigte ihn das nicht. Über Ungerechtigkeiten stets wegzuschauen konnte er nicht zulassen. Darüber einfach gelassen zu reagieren konnte er auch nicht. Vielleicht half es dabei über die Dinge, die er nicht ändern konnte, gelassen zu gewähren. Und über die Dinge, die er ändern konnte, etwas dagegen zu unternehmen. In der Tafelangelegenheit könnte er sich an den gierigen Bedürftigen wenden, ihn klarmachen, warum er so handelte. Das böte ein besseres Verständnis für sein Handeln. Sozusagen einen emphatischen Blick in seine Seele schauen. Ein Aspekt der Dialektik, das Pro und Contra einer Angelegenheit zu erörtern. Denn die Dialektik hatte bei Ludo einen hohen Stellenwert. Sie war von demokratischer Natur, weil man eine Sache von zwei Seiten betrachtete. Und es war klug diese anzuwenden, da anderseits Zorn mehr zerstörte, als was man vorher erahnen konnte.

Dialektik und Klugheit sind die Anwendungen gegen jeglichen Ärger und Zorn.

Sansa´s Ur-Mensch-Hypothese

Sansa war eine Professorin in der Universität, die
über die Ur-Geschichte der Menschheit dozierte. In
einem ihrer Vorträge erzählte sie von ihrer neuen
Hypothese das es einen geringfügigen genetischen
Unterschied zwischen den Schwarzafrikanern und
der restlichen Weltbevölkerung gäbe. Sie begann
damit, dass der Neandertaler zuerst nach Europa
und Vorderasien von Afrika auswanderte. Diese
urmenschliche Spezies bevölkerte hunderttausende
Jahre lang diese Gebiete. Erst später kam eine
neue urmenschliche Spezies aus Afrika nach Europa und weiter nach Asien hinaus. Diese heute be-
kannte Homo Sapiens vermischte sich in dem neu-
en Kontinent mit den Neandertalern zusammen.
Eine leicht veränderte neue Form des Homo Sapiens kam zustande. Die heutige DNA von Homo
Sapiens wiesen einen kleinen Anteil von Neandertaler-Gene in sich. Sie gaben den heutigen Menschen beispielsweise glattes Haar und eine hellere
Haut. Die heutigen Schwarzafrikaner blieben aber
ohne Neandertaler-Gene. Dies erklärte auch
warum sie schwarzes, krauses Haar und die
dunkle Hautfarbe haben. Natürlich wusste man
aus der Wissenschaft, dass die Hautfarbe ebenso
nach der Anpassung des jeweiligen Klima nach
Generationen sich veränderte. Beispielsweise haben Skandinavier sehr helle Haut, die
Südeuropäer eine dunklere Haut.

Sansa stellte sich wagemutig die Frage, warum der schwarzafrikanische Homo Sapiens in Reinform gegenüber den leicht vermischten genetischen Erbe der restlichen Weltbevölkerung rückständiger waren. Wieso verblieb der reine Homo Sapiens, der ja genetisch moderner war als die Mischtypen, in der langen Entwicklung der Geschichte der Menschheit in Bezug zu Hochkulturen und innovativer Technik, zurück? Sansa glaubte, dass durch die genetische Vermischung das Gedächtnis der Neandertaler-Gene, die hunderttausende Jahre lang überlebten, in die neuen Gene übertrugen. Die genetischen Informationen und die Erfahrung der alten Spezies konnte in die Vermischung mitgenommen werden. Und aus dieser neuen genetischen Form war es den europäischen und den restlichen geographischen Homo Sapiens möglich gegenüber Krankheiten mehr immun zu sein, und deutlich innovativer zu sein. Ihr Überleben war gesicherter, die Erfindungen und Entdeckungen vermehrten ihr Wissen in der Gesellschaft. Es lag wohl an dem deutlichen Vorsprung an genetischer Erfahrung und Immunität, die der Restbevölkerung Homo Sapiens gegen schwarzafrikanischen Homo Sapiens überlegen machten.

So beendete Sansa ihren Vortrag im Hörsaal. Dann kam ihr der Gedanke auf, wieso Schwarzafrikaner die größten Penisse auf der Welt hatten. Aber darauf hatte sie bisher keine Theorie. Nur das es möglicherweise an jahrhundertelanger Ernährung liegen konnte. Während die Europäer hauptsächlich in der Frühgeschichte von Weizenanbau lebten, die Asiaten von Reis, die Amerikaner von Mais, jedoch die Schwarzafrikaner von Wurzeln. Die Lösung für lange Penisse lag anscheinend an afrikanischem Wurzelgemüse. Aber die müssten sie über Generationen gegessen haben. „So ein Glücksbringer...", dachte sie sich, und summte die Melodie von Bob Marley.

Der Klügere gibt nach

Maurice, ein kluger Mann, wollte ja eigentlich sich aus Streit und Zank fernhalten, aber das gelang ihm nicht immer. Denn ab und an gab es Konfliktthemen, die ihn dazu reizten sich dazu zu äußern. Jedoch wusste er, wenn er mit dem Ton zu weit ging, also die Schärfe und Intensität zunahm, konnte die hitzige Diskussion eskalieren. Weil eben auch Beleidigungen ausgesprochen wurden, die man später nicht so leicht aus der Welt schaffen konnte, und ein jeder Demütigungen noch lange am Gemüt nagten und nicht vergaß. Maurice kannte diese Problematiken sehr gut, auch deshalb, weil schon einige Vorgesetzte ihn kündigten, wenn er sich am Ton vergriff. Oft waren es Ungerechtigkeiten, die Maurice dazu trieben sich verstärkt im Umgang mit Chefs auseinanderzusetzen. Doch er musste wie so oft den Kürzeren ziehen, da er hinterher ohne Arbeit war. Er fand sich damit ab. Sein Charakter war nun mal südländisch, die mit Gerechtigkeitsempfinden und Streitlust einherging. Deshalb entschloss er sich für die Zukunft weiterzubilden, indem er die Absicht hegte sich selbstständig zu machen. Denn allein im Job eigenständig zu handeln konnte die Interaktion mit Kollegen minimieren, wenn nicht ausschließen. Konfliktpotentiale sollten ausgeschlossen werden. Eine beruhigende Vorstellung, die Maurice dazu antrieb eine neue Hoffnung und Zuversicht stellte. Eigentlich sollte er aber lernen aus Streitigkeiten schon vorneherein aus dem Weg zu gehen, weil wie das Sprichwort besagt, „Der Klügere gibt nach". Gelassenheit zu demonstrieren, statt auf Aggression zu setzen. Vielleicht würden Beruhigungsmittel helfen. Aber das konnte nicht die Lösung sein, da sie abhängig machten. Oft sollte es hilfreich sein, wenn er sich vorstellen würde mit dem Gedanken, „Was wäre wenn...?". Die Eskalationen kannte er bereits aus seinen bitteren Erfahrungen. Sollte er es nochmals wagen sich zu Konflikten zu äußern, würde er höchstwahrscheinlich am Ende verlieren. Das war Warnung genug. Nur als der Boss einer Gruppe konnte er bestimmen wo der Hase läuft. Aber solange man selbst der Hase ist, sollte der Klügere nachgeben.

Blindheit

Es ist kaum zu glauben, aber zu viele schöne Frauen in der Umgebung machen blind. Wie blind? Ja, eine Blindheit, die den Verstand aussetzt. Es ist dann nicht mehr möglich klar zu denken oder neues zu erlernen. Die Begierde zu hübschen, femininen Weiblichen verhindert kognitive Leistungen. Wenn sie doch wie üblich im Alltag hässlich wären. Es kommt ganz darauf an wo man sich aufhält. Auf der Straße in der Innenstadt trifft man üblicherweise auf hässliche und hübsche Mädels. Hält man sich in einem Gymnasium oder Universität auf, dann überwiegend auf sehr Schöne. Je gehobener die Bildungsschicht in Schulen und Arbeitsstätten, desto auffällig hübscher die Frauen. Vermutlich liegt es an der Lebensweise und den finanziellen Mitteln. Zum Beispiel raucht und trinkt ein Akademiker viel weniger im Durchschnitt als der gewöhnliche Angestellte. Die Kinder von Akademiker haben höhere Chancen ebenfalls in höhere Bildungsklassen und Schulen zu gelangen als Kinder von Arbeitern. Aber das ist nichts neues in der Gesellschaft. Um der Blindheit zu entgehen, ist es hilfreich sich ein Beuteschema zu filtern. Indem man auf ganz bestimmte Frauentypen steht. Die restlichen Typen bleiben außen vor und interessieren nicht. So ein selbsterstellter Filter schützt, und die Konzentration kann wieder auf das alltägliche gerichtet werden. Besonders hilfreich für das Lernen in Gymnasien und

Universitäten. Oder Arbeitsumgebungen wo akademische Berufe häufig anzutreffen sind.

Das Beuteschema schützt vor Blindheit.

Nichts tun ist nicht vermittelbar

Dio, ein unbedarfter, bescheidener Mann, lebte tagein und -aus in seiner kleinen gemütlichen Wohnung am Rande einer Kleinstadt. Gelegen an Wald, Wiesen und Felder fühlte er sich sehr wohl. Mal regnete es, mal schien die Sonne aus blauem Himmel. Und beides war gut.

Eines Tages traf er eine Frau, die er ansprach. Neben dem Small-Talk kamen sie zum Thema Beschäftigung. Die Frau erzählte von ihrer Arbeit, und fragte Dio nach seiner Tätigkeit. Er zählte auf was er gerne im Alltag tue. Lesen, Schreiben, spielen, spazieren gehen, ab und an Filme und Serien anschauen. Eigentlich nichts Produktives für die Gesellschaft. Im weitesten Sinne eine faule Haut. Aber eigentlich ging es nicht um Faulheit, sondern um Lebensglück und Zufriedenheit. Und da war Dio in seinem Element. Die Frau tat ihn als Sozialschmarotzer ab, dann ging sie auf und davon. Sie wollte auch nichts mehr von ihm wissen. Einen ähnlichen Fall hatte Dio schon einmal erlebt. Er lernte vor einigen Wochen die Christina kennen. Dio erzählte ihr von seinen Plänen zu arbeiten. Alles ging gut. Bis eines Tages er ihr mitteilte, dass er lieber sein Glück in der Muse des Alltags suchen würde. Also nicht mehr arbeiten wolle. Christina reagierte mit Empörung und Entrüstung darauf. Dann beendete sie ihre Freundschaft mit ihm, da sie wohl eine Zukunft in einer Beziehung sich erhoffte, die sie nicht mehr erfüllt sah. Gleichgültig wie attraktiv Dio aussah, seine Bildung über-durchschnittlich, oder welchen gütigen Charakter er auch hatte, ein nicht produktives Leben für die Gesellschaft war für Frauen nicht vermittelbar. Dio analysierte dieses Phänomen. Er glaubte seit-dem das Frauen genetisch einfach nicht die Vor-aussetzung erfüllten, dass Nichts tun tolerierbar war. Jemand, der sich nicht für sich selbst um das Überleben sorgte, war im Sinne einer Frau nicht tragbar. Ein Mann, der nicht um die Familie sor-gen kann, ist für deren Planung und Ausführung ungeeignet. Selbst wenn die Versorgung durch staatliche Mittel und Wohlfahrt fast garantiert ist. Für keine Frau ist so eine Einstellung vermittelbar.

Wo ist das Klo?

Nerva, ein Raumschiffskommandant der Sternenflotte der Föderation, hatte stets Herausforderungen zu bewältigen. Alle Raumschiffe die er bisher geflogen hatte, besaß im Inventar allerlei technische, wissenschaftliche und taktische Konsolen und Instrumente. Die Waffensysteme, die an seinem Schiff installiert waren, entsprachen den höchsten Anforderungen der Sternenflotte. Sie glitzerten in goldenem Licht, und deuteten das Maximum des erreichbaren Levels an, die das höchste Maß an Leistung der Zerstörung erbringen konnten. Feindliche Schiffe konnten je nach Trefferpunkte des Rumpfes bis zu einer halben Minute vollständig zerstört werden. Nur DPS-Affen waren deutlich schneller. Nerva nannte jene Kommandanten so, die die Gegner innerhalb von zwei Sekunden starke Schäden zufügen konnten, und sogleich in tausend Teile zerlegten. Dabei rasten sie mit ihren überzogenen Antriebsenergien wie eine Horde wild gewordene Affenherde durch den Raum. Nerva hatte sich das Ärgern über diesen Abschaum der Sternenflotte längst abgewöhnt, vielmehr belustigte ihn dieses Schauspiel. Denn gewöhnliche Kommandanten genossen eigentlich das Feeling der Schlacht, wenn sie zu fairem Ausgleich des Gleichgewichtes zwischen dem Selbst und dem Gegner stattfand. Und DPS-Affen vermasselten dieses Feeling des schönen Kampfes immens.

„Na ja, wollen wir uns jetzt der Diplomatie widmen. Das Flottenkommando ersuchte mich mit den Lukari zu verhandeln. Die Sternenflotte möchte von den Lukari die Technologie von sanitären Anlagen erbitten." sprach Nerva in seinem Logbuch. Da der Captain noch nie mit den Lukari persönlich zu tun hatte, war er etwas nervös geworden. In einigen Minuten sollte er
auf die Lukari treffen.

Die Lukari und Nerva hatten sich am Rendezvouspunkt im Sol-System wie vereinbart getroffen. Sie übermittelten die Pläne bzw. Blaupausen der sanitären Anlagen der Ingenieursabteilung von Nervas Technikchef Aenar. Sogleich replizierte Aenar ein Klosett für ihr Sternenflottenraumschiff Andromeda. „Na endlich, wo ist das Klo?" rief Nerva in seinem Kommunikator zu seinem Technikchef. Nach kurzer Wegbeschreibung lief der Kommandant direkt drauf zu. „Ahhh, was bin ich doch erleichtert. Nach sieben Jahren Einsatz in der Galaxis haben wir es endlich geschafft das grundlegendste Bedürfnis zu befriedigen. Puhhh…!" Doch plötzlich umfasste der Captain ein gleißendes Lichtermeer. Durch ein Strudel der Zeit gelangte er in die Vergangenheit. Nerva landete an dem Ort, wo Zefram Cochrane seine erste Rakete baute. Das war das Jahr 2063,
am 5. April in Montana, USA.
Nerva begrüßte sogleich Zefram mit den Worten, „Machen wir es kurz und bündig! Ich komme aus der Zukunft. Du wirst mit deiner Rakete auf die

ersten Aliens im Orbit antreffen. Die Vulkanier sind dann ganz aus dem Häuschen und versprechen dir mit euch auf gute Zusammenarbeit." Dabei saß er noch auf der Klosettschüssel halbnackt in der Runde der Pioniere von Cochranes Gesellen. „Was? Ich habe jetzt keine Zeit. Ich starte gleich mit der Rakete los." erwiderte Zefram eiligst, und betrat die Rakete. Nachdem der Pionier der Raumfahrt erfolgreich gestartet war, und Nerva endlich sein Geschäft vollenden konnte, wartete er die nächste halbe Stunde ab. Denn er wusste was als nächstes passieren würde. Kurze Zeit später landeten die Vulkanier mit ihrem Raumschiff auf dem Boden. „Lebe lang und in Frieden. Und was riecht hier so streng?" begrüßte der erste Alien auf Erden die Leute auf dem Boden, mitunter Nerva, der sich neben dem Klo aufstellte und dabei errötete. Bevor Zefram antwortete, kam Nerva ihm zuvor, „Machen wir es kurz und bündig! Alles schön und gut hier! Aber ich möchte wieder in meine Zeit zurück. Also installiert diese Klosettschüssel in euer Raumschiff, und ihr könnt es für alle Zeiten für euch verwenden. Alles klar?" Der Vulkanier hob seine linke Augenbraue hoch, wechselte einige Worte mit seinem Offizier, dann nickte er Nerva zu.

In der nächsten Stunde installierten die vulkanischen Ingenieure die sanitäre Anlage in ihr Raumschiff. Nerva erbat sich das Klo zuerst zu benutzen. „Wo ist das Klo?" fragte gepresst Nerva den Türstehenden Vulkanier. „Deck 2, vorne rechts.

Nicht zu verfehlen." erwiderte grinsend der Alien. Gesagt getan, umfasste erneut der Zeitstrom Nerva in einem Lichtermeer. Er gelangte wieder in die Zukunft. In der neuen Gegenwart landete er auf die Schiffsbrücke der Andromeda. „War es angenehm?" fragte Nervas erster Offizier Tomek. „Ja, wieso? Alles klar bei euch?", erwiderte Nerva. Die Offiziere auf der Brücke schauten den Kommandanten erstaunt an. Tomek antwortete, „Die Lukari haben versehentlich die verkehrten Pläne herausgegeben. Sie möchten eine andere Version uns übermitteln." „Und habt ihr sie bekommen?", entgegnete Nerva. „Ja, nur sie wollen die ursprünglichen Pläne zurück haben." antwortete der Offizier. „Nö. Wir behalten sie!" erwiderte der Kommandant trotzig. „Das bedeutet Krieg!" sagte der Lukari auf dem Sichtschirm.

„Ein Moment mal, sachte, sachte... Ihr könnt den Scheiß haben!" beantwortete Nerva den Lukari. Denn er wollte nicht entgegen dem Flottenkommando ein Krieg heraufbeschwören. Dann zwinkerte er Aenar zu, und deutete auf die alten Pläne, diese unbemerkt von dem Lukari zu kopieren. Dann übermittelte der Chefingenieur die Blaupausen zurück. Nach der Beendigung der Kommunikation machte Nerva die geheimnisvollen Pläne zur Geheimsache. Niemand außer er wusste davon. Und den Lukari natürlich, die ihr Wissen versehentlich weiter gaben. Dann befahl er zum Oberkommando der Vulkanier zu fliegen. Dabei nannte er seine Absicht nicht. Nur das es um eine kleine diplomatische Angelegenheit handele. Dort an-

gekommen traf er sich allein mit dem Chef des Ge-
heimdienstes von Vulkan. „Hey Vuko, wisst ihr
was von dem geheimnisvollen Kloschüssel aus der
Zeit vom ersten Kontakt von Zefram Cochrane?",
fragte Nerva salopp? „Woher wissen Sie davon?",
erwiderte erstaunt Vuko. „Weil ich es war, der
euch diese Zeitschüssel übergab. Und ich möchte
das ihr es in eurem Raumschiff zerstört, damit
nicht irgendwann ein Bösewicht die Zeit zu seinem
unheilvollen Absichten manipuliert."
Vuko überlegte kurz,
dann stimmte er Nerva zu.

Wieder auf der Andromeda, seinem Lieblings-
raumschiff der Sternenflotte,
rief er seinem Offizier Tomek zu,
„Wo ist das Klo?"

Was mich an Donald Trump fasziniert

Es ist seine Art zu sagen was er denkt. Er sagt es direkt, offen und ehrlich. Obwohl es selten der Wahrheit entspricht. Aber das tun ja viele Menschen in der Gesellschaft auch nicht. Dazu kommt, dass was er sagt auch geradlinig umsetzt, auch wenn diese Maßnahmen nicht populär in Deutschland sind. Viele Menschen lehnen ihn hier ab. Die Gesellschaft in den USA ist gespalten, aber das waren sie schon immer. Im Westen nichts neues. Und er steht zu dem was er sagt. Auch wenn sexistische Vorwürfe ihn politisch und gesellschaftlich sehr unbeliebt machen, trotzdem steht er zu seinen Äußerungen wie eine Eins.
Das alles finde ich faszinierend an ihm. Und ich finde es gut, auch wenn man es hier nicht laut sagen sollte.

Und trotzdem hätte ich ihn nicht gewählt. Ich hätte sowieso nicht wählen dürfen, da mir die amerikanische Staatsbürgerschaft fehlt, und somit auch das Wahlrecht. Denn seine politischen Ansichten sind reaktionär, also nicht fortschrittlich, sondern rückschrittlich; der Umweltschutz und die Forschung wird weitgehend zurück gefahren; und die Einwanderung von Schutzsuchenden im Bemühen Trumps stark eingeschränkt. Ich bin ebenfalls der Meinung das der Islam nicht zur westlichen Gesellschaft gehört, aber sie sind nun mal da, und sie

dürfen deshalb in ihren Bürgerrechten nicht eingeschränkt werden. Zum Beispiel mag ich keine
Kopftücher an muslimischen Frauen,
aber ich sollte es tolerieren.

Donald Trump ist ein Rechtspopulist. Und ein
Rechtspopulist ist immer eine Gefahr für die Gesellschaft und den Grundrechten jedes Individu-
ums. Jedoch Trumps Eigenschaften wie Ehrlich-
keit, Aufrichtigkeit, Direktheit und Durchset-
zungsvermögen finde ich vorbildlich, die die
Politiker auch hier in Deutschland haben sollten.

Du hast deine Chancen

Du hattest deine Chancen, aber gleichgültig wie du
dich darum bemüht hast, du
konntest nur verlieren.

Du hast dadurch viele bittere
Erfahrungen gesammelt,
und schmerzlich erinnerst du dich daran.

Du willst jetzt in die Zukunft schauen,
denn nun kannst du es richtig und gut machen.

Du weißt was und wie, darum kannst du
eigentlich nur gewinnen.

Geduld ist gefragt, und sie ist eine
Tugend zum Erfolg,
denn dein Leben wird ein Sinn haben.

Irgendwann wirst du sterben, doch zufrieden zu-
rückschauen, bevor der letzte Atem verklingt.

Unanständig und faul

Ich persönlich erlebe immer wieder, wenn ich eine Nachricht aus irgendeinem Grund auch immer jemanden schreibe, dass sie nicht beantwortet werden. Am häufigsten findet das in Partnerbörsen statt. Von etwa hundert Frauen, die ich angeschrieben hatte, waren zwei beantwortet worden. Dabei gab ich mir sehr oft die Mühe die Anschreiben individuell auf die jeweilige Person zuzuschneiden. Stets einfach und kurz gehalten. Seltenst auf die Copy & Paste Variante. Dabei ist es doch die geistige und emotionale Hinwendung zur anderen Person, die die Mühe rechtfertigt. Und wenn sie nicht beantwortet wird, dann war diese Hinwendung ins Leere gegangen. Das schafft Frust und Ärger. Aus der Häufung ergibt sich Wut und Hass, die auf der Seele brennt. Die Nicht-Beantwortung wird die Bedeutung zugemessen, dass kein Interesse des anderen besteht. Trotzdem sollte der Mühe und Zuwendung Anstand und Respekt erbracht werden.

Ich kann es mir nur erklären das die Gesellschaft fast durchgehend unanständig und faul in der Kommunikation geworden ist. Auch erlebe ich das Beziehungen und Freundschaften über die Kommunikationsplattform WhatsApp begonnen und rasch beendet werden. Neulich sah ich eine junge Frau sitzend in der Innenstadt auf ihrem Smartphone schauen. Dann wischte sie sich die Tränen aus den Augen. Ich ahnte, dass sie eine traurige Nachricht gerade gelesen hatte. Auch ich hatte das mit einer Frau schon erlebt. Jedoch der Schmerz der Trauer kam später mit den Tränen. Man wird blockiert, und hat gar nicht mehr die Möglichkeit die Sache zu klären. Und das bringt Trauer und Wut mit sich.

Diese Gesellschaft ist unanständig und faul.

Wer schön sein will...

Nach meiner Ansicht gibt es in der Regel um schön sein zu wollen ein Entweder-oder-Prinzip. Entweder isst man gerne, und genießt dafür Glückshormone, und nimmt dafür zu, oder man verzichtet größtenteils auf geschmackvolle Nahrung, in der Regel fettig, da es ein Geschmacksträger ist, und genießt die Anerkennung und Begierde des anderen Geschlechts, weil man bis zur Schlankheit abgenommen hat. Dafür war man sehr oft hungrig und mies gelaunt. Oft ist es so, dass dickere Menschen besser gelaunt sind als die Schlanken, weil sie nicht hungern müssen. Dafür sind sie auch gewöhnlich weniger attraktiv. Jedoch gibt es Ausnahmen, die auch dicke Menschen attraktiv erscheinen. Schönheit ist eine subjektive Empfindung eines jeden Betrachters. Doch die objektive Schönheit ist allgemeingültig je nach Kultur und Volk. Was im Westen als Schönheitsideal empfunden wird, kann im arabischen Raum als weniger attraktiv gelten, und umgekehrt.

Als Maxime gilt, je mehr man hungert, desto attraktiver kann man sich für die Gesellschaft auf eine schlanke Figur bewegen. Der Genuss von Nahrung im Übermaß dagegen macht glücklicher im Augenblick, aber die Gesellschaft bestraft es als weniger attraktiv.

Wer schön sein will, muss leiden...

Torschlusspanik

Meine größte Furcht ist die Torschlusspanik. Warum? Ich bin inzwischen 43 Jahre jung, und habe bisher keine Kinder gezeugt. Das Zeugen ist nicht das Problem. Die Frau, die meinen Ansprüchen genügt, und die ihren Anspruch an mir genügt, habe ich noch nicht gefunden. Zum einen ist das mein Verdienst zu gering ist, um eine Familie selbstständig zu versorgen. Darum werde ich studieren, um mich später selbstständig oder als akademischer Angestellter mit einem hohen Gehalt leben zu können. Dadurch verlagert sich die Familienplanung weit bis in meinen 50er Jahre hinaus. Ich hoffe bis dahin meine Traumfrau gefunden zu haben, die diese Planung mitmachen möchte. Ich fürchte, dass meine restlichen Lebensjahre, so hoffe ich noch auf die 100 Jahre alt zu werden, zu wenige sind, um meine zukünftigen Kinder von meinen Erfahrungen und Anekdoten erzählen zu können. Denn ein Kind braucht immer zwei Elternteile, einen Vater und eine Mutter, die sie gemeinsam erziehen. Und meinen Teil möchte ich im Wesentlichen beitragen. So wünsche ich mir das es noch rechtzeitig mit der Familienplanung klappt, bevor es zu spät ist.

Bloß keine Torschlusspanik...

Die Familienchroniken I. - III.

I. Antonia

Antonia war die Halbschwester meines Vaters,
also meine Halbtante, die Tochter meiner
Oma aus ihrer ersten Ehe.
Ich mochte sie schon immer, da sie in meiner
Kindheit oft biblische und märchenhafte Geschichten uns erzählte. Ich verstand kaum die sloweni-
sche Sprache, aber ich empfand diese Erzählungen
unheimlich faszinierend und interessant. Sie beflü-
gelten mich eins mit Gott und der Natur zu sein,
so wie es einst die Romantiker im frühen 19. Jahr-
hundert waren. Doch ein tragisches Ereignis in
der Familie meines Onkels, der tödliche Unfall seines erstgeborenen Sohnes, der gerade erst acht
Jahre alt wurde, löste in Antonia eine manisch-de-
pressive Stimmung aus. Sie zeigte sich damit, dass
sie heulende Klagelieder über den Toten täglich
äußerte. Weinend und labernd jammerte sie kla-
gend in ihrer unmittelbaren Umgebung. Ihre Mutter, mein Vater und sein Bruder, ertrugen irgendwann nicht mehr dieses Gebaren. Also schickten
sie Antonia zum Psychiater, der ihr Medikamente
verschrieb. Dadurch hörte sie auch mit der Klage
auf. Doch die Nebenwirkungen zeigten sich in
stumpfer Agonie, sabbernden Mund und viel
Schlaf. Was mich in dieser Angelegenheit am meisten stört, dass sie vor ihrer Behandlung oft ge-

schlagen worden ist. Von ihrer Mutter, aber vor allem von ihren Halbbrüdern, also von meinem Vater und meinem Onkel. Ich musste gelegentlich dabei zusehen, und noch heute erschreckt mich diese Gewalt an einer hilflosen, kranken Frau, die noch ihre Halbschwester war. Ich bin fassungslos und wütend über meine Familie in Slowenien.

Antonia, dir verdanke ich das ich immer wieder im Leben die Begeisterung zum Erzählen und Schreiben von Geschichten habe. Als ich Kind war, warst du meine Inspiration aus dem ich später die Leidenschaft dafür entwickelte. Ich danke dir noch heute aus dem Herzen, dass ich irgendwann begann Bücher zu veröffentlichen. Meine Geschichte heute ist die Widmung, die ich dir schenke.

II. Das schwarze Schaf der Familie

Jannis ist mein Onkel aus Slowenien. Rund zwei Jahre jünger als mein verstorbener Vater. Als ich noch ein Kind war, und in den Ferien in der Heimat meines Vaters war, empfand ich es als fröhlich und heiter, dass meine Eltern und die Familie meines Onkels sich gut verstanden und miteinander bestens klar kamen. Selbst als Jugendlicher und junger Erwachsener schien mir diese Harmonie stets als vorbildlich. Erst viel später erfuhr ich von meiner Mutter, dass Jannis ein fürchterlicher Mensch sei. Denn seine Taten belegten eine unmissverständliche Sprache an rücksichtslosem Egoismus, unverhohlene Selbstsucht, unverminderter Habgier und schockierendem Opportunismus. Wie das alles begann kann ich nicht erschließen, denn dazu reichen meine Kenntnisse nicht. Aber Jannis hatte unter anderem durch Erbschleicherei mit arglistiger Täuschung der Unterschriftfälschung gegenüber seinen Geschwistern und Schwiegereltern drei Häuser unterschlagen. Dazu hatte er uns als Gastfamilie im Haus unserer Oma uns aus dem Haus geworfen, nachdem er die vollständigen Eigentumsrechte des geerbten Hauses an sich gerissen hatte. Denn eigentlich sollte es gleichberechtigt an beide Söhne vererbt werden. Die anderen beiden Häuser der Schwiegereltern erschwindelte er sich ebenso zu seinem Eigentum, und brüskierte rücksichtslos zu einigen Gerichtsverfahren, die seine Schwägerinnen leer ausgehen ließ. Das gute Verhältnis von früher ging ebenso zu Bruch wie die meines Vaters und Jannis.

Auch nach dem Tod meines Vaters sollte er auf das eigene erbaute Haus meiner Eltern während der Abwesenheit in Deutschland den Rasen regelmäßig mähen und den Garten pflegen. Doch dazu kam es nicht. Er nahm das Geld für diese Dienstleistung, und mähte den Rasen nur einmal jährlich, genau eine Woche vor der Ankunft meiner Mutter in Slowenien. Ebenso unterschlug er während der Bauarbeiten des Hauses meiner Eltern das Baumaterial, und verwendete es für die eigenen Zwecke seiner Häuser. Dazu das Geld für die Bezahlung der Bauarbeiter höher ansetzte, und sich den Rest in die eigene Tasche steckte, obwohl er für seine Hilfe bereits bezahlt worden war. Doch ich verstand nicht warum meine Eltern nicht schon früher mit uns darüber redeten, was dieser Onkel so alles trieb. Es war ein Schauspiel, wie in einem Theater, indem ich als junger Mann nicht durchblicken konnte. Jedoch erinnere ich mich, als ich mal meinem Onkel bei Handwerksarbeiten mithelfen wollte, mein Vater verbot ihn zu unterstützen. Erst später im Leben begriff ich den Zusammenhang. Weil Jannis ein böser Mensch ist. Das schwarze Schaf der Familie.

III. Jernej, der Held von Galizien

Jernej, mein Großvater aus Slowenien, verstarb als ich gerade drei Jahre jung war. Also kannte ich ihn nicht. Alles was ich über ihn weiß, kenne ich nur vom Hörensagen unserer Familie.
Die Quellen beziehen sich hauptsächlich von meinem Cousin, der ebenfalls in der Langform Jernej heißt.

Aus dem Grabstein weiß ich das er am 24. August 1886 in der K.u.K.-Monarchie geboren wurde. Slowenien war damals nur eine Provinz von Österreich-Ungarn, ein Kaiserreich das in Mitteleuropa große Ausmaße hatte. Er kämpfte im ersten Weltkrieg für diese Monarchie in Galizien im Osten Europas gegen die Russen. Was er genau dort gemacht hatte, wusste niemand, den ich kennen würde. Denn er erzählte es einfach nicht. Die traumatischen Erlebnisse müssen wohl erschreckend gewesen sein. Im zweiten Weltkrieg war er schon zu alt fürs kämpfen.

Mit seiner ersten Frau bekam er einige Kinder. In seiner zweiten Ehe bekam er vier Kinder, das erste Kind Milenca verstarb schon im ersten Lebensjahr. Das zweite Kind war Vida, die einzige Tochter wurde 1946 geboren. Das Dritte mein Vater 1948. Das Vierte, der Jüngste, das schwarze Schaf der Familie Jannis. Demnach war Jernej schon alt, um die 60 Jahre, als seine Kinder zur Welt kamen. Seine zweite Frau Angela war 23 Jahre jünger als er, geboren am 6. August 1909 in Hruskovac, einem Dorf in Slowenien. Und sie hatte aus ihrer ersten Ehe die Antonia mitgenommen.

Es ist sehr schade, das ich nicht mehr von meinen Ahnen weiß, denn es gibt kein bekanntes Stammbuch unserer Familie Mihelic. Gerüchte, die mein Vater mal kurz erwähnte, besagen, dass unsere Vorfahren aus Frankreich kamen. Vielleicht um die Zeit der französischen Revolution, oder als Hugenotten, die damals geflohen sind. Genaues weiß ich leider nicht. Jedenfalls war mein Großvater der Held von Galizien.

Dazu gehören...

Durch eine wissenschaftliche Tiersendung, wo es um die biologische Kognition von Tieren ging, viele Erkenntnisse sich darin offenbarte, wurde mir durch eine Aussage etwas bewusst, was ich im Leben oft falsch machte.

Es war so, dass ich in wichtigen Stationen meines Lebens dringende Hilfe brauchte. Sei es von Lerninhalten, die ich nicht verstand, und Nachhilfe benötigte, oder mich in Streitereien nötigen ließ, worin ich letztlich aus der Gemeinschaft ausgestoßen wurde, ob von einem Arbeitgeber oder welcher Gruppe auch immer. Ich verstand nicht wo genau die Ursache dazu lag. Denn ich war in der Regel stets freundlich und belehrend, respekt- und humorvoll.
Erst gestern begriff ich durch die Aussage eines Tierforschers, dass man eigentlich zu einer Gruppe sich anschließen bzw. integrieren müsse, um anerkannt und die Hilfe des anderen bekommen würde. Denn ohne die regelmäßige Aufwartung und Kommunikation in der Gruppe würde man in Notsituationen alleine da stehen. So ist es bei den meisten Säugetieren, beispielsweise der Affen.

Und so gehört man dazu...

Warum lebe ich?

„Es gibt zwei wichtige Tage im
Leben eines Menschen,
den Tag der Geburt, und der Tag, an dem man erkennt warum man lebt." Mark Twain

In dem gestrigen Spielfilm „The Equalizer" sagte
der farbige Schauspieler das man alles werden
könnte, wer man sein möchte. Das gab mir den
wichtigen Hinweis, das man sich ein Bild für sich
selbst setzen sollte, zu dem man ein Ziel hat, dass
werden zu wollen, was man vom Herzen sich
wünscht. Denn seinem Herzen zu folgen bedeutet
auch das Glück für sich selbst zu erlangen. Lebt
man nicht danach, wird man zufolge nur
unglücklich und unzufrieden.

Ich habe nicht nur ein Ziel, sondern einige Bestrebungen etwas zu werden. Ein berühmter Buchau-
tor sowie ein Akademiker zu sein, in dem ich arbeiten möchte, um das Ziel einer eigenen
Familie zu verwirklichen.

Darum lebe ich...

Falsche Entscheidung, aber an der richtigen Stelle gelandet

Es war ein einfacher Satz an eine Frau, die ihren ersten Platz für ein Buchtitel im Verlag gewonnen hatte. Ich gratulierte ihr dazu in einem bekannten sozialen Netzwerk. Nach wenigen Tagen telefonierten wir. Nach zwei Wochen waren wir in einer festen Beziehung. Ich verließ meine verhasste alte Wohnung und die widerliche Kleinstadt. Drei Monate später zogen wir bereits in einer großen Wohnung in Rotenburg/Wümme zusammen. Alles ging ganz schnell.

Sie war und ist keine Schönheit. Aber ihre Ratschläge waren manchmal Goldwert. Wofür ich noch heute dankbar bin. Ich glaubte sie zu lieben. Doch es war im Grunde eine Gewohnheit mit ihr im Luxus zu leben. Bequemlichkeit und Trägheit bestimmten das erste gemeinsame Jahr. Wir stritten oft miteinander, weil sie mich oft zu beherrschen versuchte, ich mich jedoch wehrte. Nach etwa zwei Jahren trennten wir uns. Durch sie wohne ich in einer Kleinstadt, wo ich glücklich und zufrieden bin. Ihr Rat zu einer Krankheit verhalf mir bis heute zu einem gesunden Leben. Die Achtung und den Respekt vor Akademikern lernte ich erst durch sie kennen, denn sie ist eine. Wir nutzten uns gegenseitig aus. Ich tat viel für den Haushalt, und brachte Ordnung ins Chaos. Sie lud mich zu Reisen und Restaurantbesuche ein, was ich aber letztlich durch ihre arglistige Täuschung selbst bezahlt hatte. Aber einiges tat ich auch aus eigener Initiative. Die Weiterbildung und den täglichen Sport.

Ich liebte sie nicht wirklich, da sie nicht mein Typ war. Aber durch meine falsche Entscheidung landete ich an der richtigen Stelle. Ich kam durch sie viel weiter im Leben, bis heute... Danke.

Selbstoptimierungswahn

Ich glaube das man irgendwo ein Minderwertig-
keitskomplex hat, wenn man nicht mit seinem
Körper oder seiner was auch immer am Körper
zufrieden ist. Ich gehöre zu denen, die eigentlich
sehr zufrieden mit dem ist wie mein Körper gebaut ist. Aber das Problem befindet sich nicht in
der eigenen Subjektivität des Befindens, sondern in
der Objektivität im Allgemeinen wie die anderen
mich sehen. Da ich mit rund 20 kg Übergewicht
eindeutig die BMI-Skala über Durchschnitt liege,
mich eigentlich darin wohl fühle, aber trotzdem
mich genötigt fühle abzunehmen. Der Punkt ist,
dass in Partnerbörsen oder auf freiem Markt des
Flirtens das jeweilige andere Geschlecht sich den
oberflächlich ideellen Partner wünscht. Wenn der
Körper im Idealfall schlank und muskulös ist,
dann schreiben die Frauen auch regelrecht so
einen Typen an. So einen Übergewichtigen wie
mich beispielsweise schreibt so gut wie
niemand an, und zwar dauerhaft.

Der Selbstoptimierungswahn hat auch was mit der
Modeindustrie und dem Schlankheitswahn in der
Gesellschaft zu tun. Die Medien und die Werbein-
dustrie vermitteln uns unterschwellig welches
Schönheits- und Körperideal wir als erfolgreich,
selbstbewusst und attraktiv empfinden sollen. Alles andere sei minderwertig und hässlich. Ich kann
mich nicht dieser allgemeinen Vorstellung beugen.

Und trotzdem habe ich das Verlangen begehrt zu sein. Doch dieses Verlangen nach Bestätigung und Aufmerksamkeit wird seltenst erwidert. Nur die Mutter und das eigene Haustier können einen so lieben wie man ist. Kaum jemand übertrifft diese bedingungslose Liebe wie jene, die ein jeder auch von anderen wünscht. Aber das ist unrealistisch zu erwarten, da man ja selbst im Alltag kaum die Hinwendung zugibt. Also, es bleibt nichts anderes übrig sich dem Selbstoptimierungswahn hinzugeben. Sportlich aktiv zu bleiben fördert ja schließlich die Gesundheit. Dazu die passende Ernährung trägt ihr übriges bei. Ja, ich gebe zu, ich möchte auch mal auf Dauer berieselnd werden mit begierigen Blicken und schmachtenden Mails, die nach mir verlangen. Frauen in mein Schlafzimmer zu verführen, und unendlichen leidenschaftlichen Sex. Das ist die stärkste Triebfeder eines jeden Menschen. Und darum dieser Selbstoptimierungswahn, weil es letztlich der Geschlechtstrieb und das ungestillte Verlangen nach Anerkennung ist. Wir wollen geliebt werden, so wie wir uns lieben. Und dieser Wahn macht uns nicht glücklich, weil wir stets auf Leistung getrimmt sind. Wir hungern und trainieren, um geliebt zu werden. Und erreichen irgendwann bei Ausdauer und Disziplin den gewünschten Erfolg.
Ein durchtrainierter Körper mit der Seele eines Kindes, dass in uns allen steckt. Ich biete mein Äußeres, du gibst mir Anerkennung und Sex.

Dank Selbstoptimierung...

Männliche Emanzipation

Eine Frau sagte einmal, „Frauen liefern bessere Ergebnisse und höhere Renditen als Männer." Ich empfinde es als anmaßend und unverschämt so eine Behauptung zu äußern. Die Gesellschaft und Politik sowie die Wirtschaft bemüht sich seit Jahrzehnten schrittweise für die Emanzipation der Frau. Die Quoten hierfür wurden gesetzlich und freiwillig eingeführt. Die Rechte der Frauen maßgeblich den der Männer gleichgestellt. Auch die beruflichen Perspektiven für Frauen in Männerberufe wurden gezielt durch Aufklärung und Werbung gefördert.

Das ist der Status Quo.

Was mir besonders auffällt, ist, dass kaum jemand über die Emanzipation der Männer spricht, noch jemand auf den Gedanken kommt. Wenn ich mich als gelernter Bürokaufmann bewerbe oder theoretisch im Kindergarten arbeiten möchte, dann würden pessimistisch gesehen kein Arbeitgeber mich dafür einstellen. In Büroberufen würden generell eher Frauen die Anstellung gewährt werden, als den Männern. Oder wo gibt es männliche Sekretäre?

Ebenso wird bei Scheidungsfällen die Kinder der Frau zugesprochen als dem Mann. Dabei unterstelle ich in einigen Fällen, dass sie den Wunsch

haben das Kind zu erziehen. Wo bleibt
die männliche Emanzipation?

Generell wird Missbrauch von Kindern den Männern zugeschoben, dabei gibt es ebenso Fälle von
Frauen. Ein Grundschullehrer wird eher Missbrauch zugemutet als das andere Geschlecht. Der
Generalverdacht geht soweit, dass man kein Kind
mehr ansprechen darf, ohne das ein Elternteil die
schlimmsten Befürchtungen bekommt.

Die männliche Emanzipation ist ins Hintertreffen
angelangt. Und das ist nicht in Ordnung. Da sollte
sich in der Gesellschaft im Umdenken und Handeln auswirken. Sich darüber Bewusstwerden das
Frauen kein alleinigen Anspruch dafür haben,
noch überzogen wird.

Madlin

Madlin, eine junge attraktive Frau, war der Schwarm für Caspar. Er liebte sie aufrichtig und beständig. Denn sie war so hübsch und anmutig, so dass er sehr oft an sie dachte. Aus anfänglicher Begeisterung Madlins entflammte die Leidenschaft des älteren Mannes. Er half ihr mit viel Wissen und Unterstützung. Er hoffte nicht nur auf ihre Gegenliebe, sondern auch das sie von ihm lernen konnte.

In den Monaten danach blieb sie distanziert von ihm. Denn sie ging nach Bewältigung ihrer Aufgaben und Pflichten rasch aus dem Gebäude heraus, um mit ihrem Auto nach Hause zu fahren. Und Caspar schaute wehmütig nach ihr, denn er hoffte das sie sich Zeit mit ihm nehmen würde. Jedes mal tränten seine Augen, während er mit dem Fahrrad nach Hause fuhr. Er konnte es nicht unterdrücken. Sein Herz wurde oft dabei schwermütig. Denn er liebte sie vom Herzen, diese Madlin.

Avela 3.0

Im frühen Mittelalter in einem skandinavischen Fischerdorf war einmal ein Mädchen geboren. Es war das Jahr 982, unter der Novembersonne des 3. des Monats schrie ein Baby bei ihrer Geburt so laut, dass man es im ganzen Dorf hören konnte. Und weil sie so kräftig und laut war, nannte man sie Avela.

Die Jahre vergingen wie im Fluge der Vögel über den Horizont hinweg, so dass man irgendwann sie nicht mehr sah. Denn Avela sah man im Dorfe kaum, denn sie fischte gerne allein im Boot weit ab draußen im Fjord. Von früh bis spät zog sie unzählbar haufenweise Fische ins Boot.
Es war eigentlich unüblich das eine junge Frau sich für das Fischen begeistern konnte, es sei denn als das Weib eines Mannes in der Küche für die Zubereitung der Speisen. Man sollte jetzt voreingenommener Weise annehmen sie würde nach Fisch riechen, dass tat sie aber nicht, denn kein Geruch der Welt haftete an ihrem zartem Körper und ihrem wunderschönen, seidenen Haar.
Das war das Wunder an dieser Frau.

Eines Abends kam sie mit einem Boot voller Fische in den Fischerhafen nach Hause gesegelt. Kräftig zog sie das Fass auf dem Kai herauf, um die Ladung zu löschen. Es brauchte kein Mann ihr zu helfen, denn das wollte sie auch nicht. Sodann roll-

te sie den Fass zum Lager, um sie der Allgemein-
heit zur Verfügung zu stellen. Denn das ganze Wi-
kingerdorf war wie eine große Kommune, wo sich
jeder alles teilte. Kurz bevor sie das Lagerhaus
verlassen wollte, hörte sie eine
Stimme aus dem Fass. Es rief,
„Avela, nimm mich heraus aus diesem Fass!" Avela erschrak zunächst, denn seit wann konnte ein
Fisch sprechen. Sie öffnete den Deckel des Fasses
und sah ein goldenes Glitzern an einem großen
Fisch. „Wer bist du?", fragte sie den Fisch neugie-
rig. „Deine Tochter... Bring mich schnell ins Wasser!", erwiderte das goldene Wassertier. Gesagt, getan brachte sie den Zappelnden ans Ufer des Meeres. Avela verstand das alles nicht. Sie hatte doch
noch keine Tochter. Nicht mal einen Freund.
„Erkläre mir das bitte.", forderte sie ihre angebli-
che Tochter heraus. Plötzlich kam überraschend
ein Mann aus dem Gemeinschaftshaus des Dorfes
von hinten und rief nach Avela. Der Fisch verschwand unter das Wasser.
„Avela, hast du wieder einen großen Fang gemacht. All diese frischen Fische duften ja so herr-
lich. Das gibt morgen ein festliches Mahl in unserer Mitte." rief Jorvik zur Fischerin. Sie nickte
und ging fort, um ihn vom Ufer wegzulocken.
Nach fünf Minuten kam sie wieder ans Ufer und
suchte die Oberfläche des Wassers nach ihrer vermeintlichen Tochter ab. Sie sprach kein Laut, denn
sie wollte kein Aufsehen erregen. Dann erzitterte
sie auf einmal heftig. Jemand hatte sie von hinten
an den Hals gepackt, würgte intensiv mit kräfti-

gen, gewaltigen Händen, und drückte sie auf den
Boden. Es war schon dunkel, und die Bewohner am
Hafen schliefen schon. Niemand bemerkte diese
schreckliche Gewalttat. Avela bekam keine Luft
mehr zum Atmen. Kurz holte sie mit ihrer Faust
zum Schlag aus, doch sie verfehlte den Unbekannten. Als wäre die reine Luft hinter ihr. Es drückte
sie mit dem Kopf unter Wasser. Avela wehrte sich
verzweifelt. Und das furchtbare zum Schluss erlag
sie der Kraft des Niemanden über ihr. Die letzten
unbändigen Gedanken galten als das Warum...
Warum jetzt... Dann war es vorbei
Der Unbekannte verschwand wieder im Nichts.
Das glitzernde Fisch tauchte wieder auf. Sie hatte
das alles mit angesehen. Und die Leiche blieb auf
der Oberfläche des Wassers ruhen. Stille umgab
jetzt diesen Fjord. Alles ruhig und still im Hafen.
Die Lichter der Feuerstellen schon längst erloschen. Die Glut am Glimmern. Niemand
wachte über diesen Mord.

Am nächsten Morgen kam Jorvik zum Ufer und
schrie auf, als er das Leichnam von Avela sah.
Doch er erkannte sie nicht. Weder den Namen
noch das aufgedunsene Gesicht lies ihn einleuchten
wer das Opfer war. Die anderen Fischer kamen eiligst herbei, um zu sehen was passiert war. Doch
niemand erkannte Avela. Es war so als hätte sie
nie hier gelebt noch gefischt. Sie sahen nur ein Opfer im Wasser ans Ufer gespült. Dann nahmen sie
die Tote heraus, um sie auf dem Friedhof zu ver-
scharren. Mit der Aufschrift auf dem Torstein,

„Was geschehen war, wissen wir nicht. Wer sie
war, kannten wir sie nicht. Warum?"

Als es wieder Nacht über dem Fischerdorf war,
kam aus dem Ufer ein Kind heraus. Sie ging zum
Friedhof geradezu hin und beugte sich vor dem
Torstein. „Mutter Avela, ich erwarte von dir heraus zu kommen. Mein Geist, meine Seele befehle
ich in deine Hände!", beschwor das Kind herauf.
Dann löste sie sich in Wasser auf. Verschwunden
so wie sie gekommen war. Aus dem Nichts in dem
Nichts. Aus dem Wasser in das Wasser. Daraus er-
wuchs ein Setzling. Ein kleines Setzling, dass zu einem Baum werden würde. Nur die die Nachteulen
sahen was geschehen war.
Huhuhu...

Die Jahre, die Jahrzehnte und die Jahrhunderte
zogen dahin. Tage und Nächte zischten wie im
Kreisel eines Windrades bei heftigem Sturm vorbei. Helle und dunkle Lichter im
Wechsel der Zeiten.

Aus dem Fischerdorf wurde eine Stadt. Aus Dorf-
bewohnern Stadtmenschen. Aus Holz- und Stein-
hütten wurden Betonhäuser. Die Pfade zu befestig-
ten Straßen. Nur auf dem Friedhof stand ein
großer Baum. Ein sehr großer Baum mit gewalti-
ger Krone auf dem Dach. Und die Nachteulen
sangen ihr Lied aufs Neue. Huhuhu...

Es war das Jahr 1982. Ein helllichter November-
tag, die die Sonne über dem großen Baum strahlen
ließ. Es stand allein in einem großen Park. Und die
Menschen machten ihre Spaziergänge im Grünen.
Da saß auf einem Ast eine Baumfee. Sie, diese Fee,
beobachtete diese Menschen. Da kam ein Mann zu
ihr, der sich als der Schatten bezeichnete. „Ich sehe
dich! Ich weiß, die Menschen können dich nicht sehen. Ich will dir was erzählen.", sprach er sie an.
Sie nickte. „Du heißt Avela. Du warst eine Fischer-
frau hier vor etlichen Jahrhunderten. Sehr erfolgreich darin Fische aus dem Fjord zu fangen. Bis
du eines Tages deine Tochter als glitzerndes, spre-
chendes Fisch gefunden hast. Dann wurdest du er-
mordet. Deine Tochter ist eine Göttin des Meeres.
Sie lebte schon lange vor dir, denn sie war deine
Ur-Ahnin. Als Avela stammst du von ihr ab. Und
sie ist deshalb deine Tochter, weil du sie noch in
der Vergangenheit gebären wirst. Denn von mir
erlangst du die Fähigkeit durch die Zeit zu reisen.
Dein Blut hat dich wieder als Baumfee erwachen
lassen, indem deine Tochter sich auflöste. Der
Mord des Unbekannten an dich war ich gewesen.
Und weil es nicht auffallen sollte, haben dich die
Dorfbewohner von damals nie gesehen noch ge-
kannt. Dein Schatten, der dich seit Anbeginn der
Zeit verfolgt hat. Warum, fragst du jetzt? Weil du
was Besonderes bist. Du bist geruchlos wie das reine Quellwasser. Und nur ein Schatten wie ich
konnte diese Anomalie beenden. Aus deinem Tod
heraus solltest du zur Baumfee werden. Die jetzt
durch die Zeit reisen kann. Und erzähle allen von

deinen Zeitreisen, von allen guten Menschen, die du begegnen wirst. Auch jenen Mann, den du noch treffen wirst, der was Besonderes ist, so wie du.

Denn du bist Avela...“

Jesse

Jesse war eigentlich gar nicht zufrieden mit der Situation, dass bei der Suche einer Partnerin oft oberflächliche Motive dahinter steckten. Ihn störte es das die Frauen so gut wie nie direkt sagten was sie wollten. Ihr Motiv war im Grunde ein finanzielles gehobenes Polster mit einem großen Auto, einer großartigen Wohnung oder Haus und ein Mann mit Potenz, der sie stets befriedigen sollte. Die versteckten Motive verbargen sie entweder None-verbal oder mit fadenscheinigen Lügen. Sobald ein Kontakt entstanden war, wimmelten sie erst ihn ab, wenn sie erfuhren, dass ihre hohen Ansprüche, Erwartungen bzw. Motive nicht erfüllt wurden.

Jesse griff zu einer List, um herauszufinden, welche Frau diese oberflächlichen Motive nicht hatte. Er kontaktierte weiterhin die Frauen in der Partnerbörse, erzählte ihnen allerdings nicht das er Multi-Millionär war. Wie erwartet bekam er Absagen oder keine Antworten. Erst hinterher teilte er ihnen mit welche Reichtümer er hatte. Die Reaktionen waren durchweg mit Sprachlosigkeiten und den Schock, den Mann ihres Lebens verpasst zu haben.

Doch eines Tages lernte er eine attraktive Frau kennen. Sie nahm ihn so wie er war. Sie kannte genauso wenig sein Reichtum wie die anderen. Denn er gab sich als armer Mann aus. Erst als sie zu einer festen Beziehung zusammen kamen, erzählte er ihr die Wahrheit. Die Überraschung war durchweg positiv.

Und wenn sie nicht angebissen hätte, wäre sie genauso geldgeil und materialistisch gewesen wie alle anderen zuvor. Doch sie schaute auf sein Charakter und seine Ambitionen, die für sie wichtiger waren als alles andere.

Denn Jesse gab vor ein armer Student zu sein. Sein Reichtum verbarg er gewissenhaft. Nur sein Aussehen, Charakter und Ehrgeiz sollte ihn attraktiv machen.
Fast keine wollte ihn, bis auf die Eine.
Und sie zog das große Los, Jesse.

Pinachia

Pinachia, ein Mann mit einem gewissen Talent
hatte eine Eigenschaft von der
ich erzählen möchte.

Eines Tages ging Pinachia ins Fitnessstudio trainieren. Das sah er unter den vielen hübschen
Frauen eine geile Schnitte an einem Gerät sitzen.
Ihre Brüste in den idealen Maßen, ihr Körper und
die reine Haut eine sexuelle Wucht, die auf Pinachia Eindruck machte. Da er eine übliche Trai-
ningshose an hatte, jedoch ohne einen Short drun-
ter zu tragen, erregte es ihn sie zu sehen. Da stand
er nun vor ihr und lächelte sie an. Da erwiderte
sie ihr bezauberndes Lächeln. Pinachias Schwanz
wurde mit einem Male größer, und es deutete eine
Stange in dem Short. Doch er wurde nicht rot dabei. Die attraktive Frau starrte für einen kurzen
Moment auf dieses erregende Schauspiel, dann
verdrehte sie die Augen weg. Aber sie grinste dabei. In dieser erregten Haltung fragte Pinachia
sie, ob sie mit ihm nach Hause kommen wolle.
Darauf nahm sie mutig ihre Hand und griff den
Schwanz des Pinachia um. Zog es sachte zu sich,
und erwiderte ein einfaches ja.

Und wenn sie nicht fertig geworden sind,
dann poppen sie noch heute zu Hause rum.

Wer hat Angst vor der Armut?

Ich kann diese Abstiegsängste verstehen und ich kann sie auch nachvollziehen. Denn einst bin ich auch in meiner Jugend und jungen Erwachsenenzeit sehr von meinen Eltern finanziell unterstützt worden. Bei meiner letzten Ex-Freundin durchlebte ich den ganzen Luxus einer großen Wohnung in einer wohlhabenden Gegend, viele Reisen und häufige Restaurantbesuche. Nach der Trennung war ich wieder arm. Doch im empfand diesen Abstieg nicht so dramatisch, denn viele Jahre zuvor lebte ich schon mit bescheidenen Mitteln allein in der Mietwohnung. Die Erfahrungen in dem Zustand der mageren Finanzen kannte ich allzu gut. Ich erlebe oft in den Medien und auch im Freundeskreis wie Frauen sich daran fest krallen im unglücklichen Zustand mit den Männern in Beziehungen oder Ehen im Haus zusammenzuleben, aber so gut wie nie bis zur totalen nervlichen Zusammenbruch dabei bleiben, statt den Mut aufzubringen, sich zu trennen und auszuziehen. Der Leidensdruck geht soweit, dass sie die Untreue des Mannes in Kauf nehmen, damit leben, nur um den Luxus in der Partnerschaft zu behalten. Das hat nichts mehr mit Liebe zu tun, sondern mit Habgier und Trägheit in einem emotionalen verwahrlosten Zustand. Es ist die nackte Abstiegsangst, die häufig leidenden Frauen in sich tragen. Denn Armut bedeutet auch Stigmatisierung in der Gesellschaft. Und diese Furcht scheint ebenfalls oft bei

Frauen zuzutreffen. Männern scheint es dagegen
weniger zu treffen, weil sie eher dazu neigen wenig auf gesellschaftliche Akzeptanz Wert zu legen.
Ist der Ruf einmal ruiniert, dann lebt
es sich ungeniert, so das Motto.

Aber Armut erlebten schon meine Großeltern. Sie
kamen mit wenig aus. Und ihnen
hat es nicht geschadet.
Mir ebenfalls nicht, denn wer wenig hat, hat auch
nichts zu befürchten das es weggenommen wird.
Einbrüche in Wohnungen finden nun mal eben bei
gutbetuchten Hausbesitzern statt. Mittelständi-
sche bis zu den Reichen zeugen Neid und
Missgunst, und davor brauche
ich mich nicht zu fürchten.
Wer Angst vor Armut hat, ist selber Schuld!

Intersoziale Auffassungsgabe

Coulancour hatte eine besondere Gabe. Er konnte auf den ersten Blick die Menschen erfassen, die er in Gestik und Mimik erkannte, ob sie zusammen passten oder nicht. Wenn er ein Paar sah, wusste er sofort ob die beiden zusammen gehörten, oder aus anderen Gründen miteinander verblieben. Coulancour wusste nicht warum er das auf Anhieb erkennen konnte. Er erkannte es einfach.

Dies nannte er die intersoziale Auffassungsgabe.

War das Zufall?

Diese Geschichte ist absolut wahr,
die ich jetzt erzählen möchte.

Es begab sich das ich am 21. April 2017 die Tanja
ein zweites mal nach ca. drei Wochen über eine
Partnerbörse namens „Lovoo" erneut kennenlernte. Am selben Tag schrieb ich jedoch eine Kurzge-
schichte über eine ehemalige Klassenkameradin.
Zwei Tage später fuhr ich nun mit dem Fahrrad
von Rotenburg/Wümme nach Zeven, um die Tanja
zu Hause zu besuchen. Da erkannte ich an den
Türklingeln den Namen der Klassenkameradin.
Was ich zuvor nicht wusste. Und wie es der Zufall
oder auch nicht haben wollte, war sie es auch tatsächlich, die eine Etage über Tanja wohnte.
Wie konnte das sein? Ist unser Leben vorbestimmt?
Ist es der Determinismus, also schicksalhafte Vor-
bestimmung? Sind es Aliens, die alles lenken, und
wir Menschen sie für Götter halten?

Tu es nicht!

Sick beobachtete sich gerade selbst. Er, in der Mitte seines Lebens, stand nun als Geist neben seinem jüngeren Ich. Da sagte sein jüngeres Selbst zu seiner ersten, festen Freundin, dass er sie nicht mehr liebe und sie verlassen möchte. Sie schrie und weinte vor Verzweiflung. Und genau das war des Älteren Ichs sein ganzes Leben ein Bedauern und Bereuen, denn er bekam nie wieder eine bessere Frau als sie. Sie war das Geschenk des Himmels an ihn. Und er beobachte weiter wie der Jüngere in das andere Zimmer ging, um sich vom Leid seiner gerade getrennten Freundin zu distanzieren und zur Ruhe zu finden. Er wusste was Sick in dem Augenblick dachte. Der Ältere schrie den Jüngeren an, er solle es zurücknehmen.
Er solle sie nicht verlassen. Tu es nicht!

Sein Leben lang schmerzte es ihn seit diesem tragischen Ereignis und ließ ihn nicht mehr los. Würde er ihr irgendwann wieder begegnen nach all den Jahren?

Der Ruf in der Wüste

Irgendwo bist du ganz nah oder weit weg...
Ich suche dich, dass du in mein Leben eintrittst.
Warum treffe ich dich nicht?

Wieso haben die anderen Erfolg, und ich nicht?
Ich spreche und schreibe Unzählige an,
doch sie wollen mich nicht.

Was habe ich an mir, dass sie mich ablehnen?
Sind meine Gene hier nicht kompatibel
zu den hier Lebenden?

Mein Schicksal, was machst du mit mir?
Vergissmeinnicht, denn ich möchte nicht
umsonst gelebt haben.

Wo bist du nur...?
Irgendwo bist du..., mein zukünftiger Schatz.

Herstellung und Verlag:
BoD - Books on Demand, Norderstedt
ISBN 978-3-7448-1770-7